Flannery O'Connor

强力夺取

[美] 弗兰纳里·奥康纳 著

张群 译

上海译文出版社

献给爱德华·弗朗西斯·奥康纳[1]

(1896—1941)

---

1 作者的父亲。

从施洗约翰的日子到今天,
天国受到强烈的攻击,强者夺取它。

——《圣经·新约·马太福音》11:12

目 录

第一部分

第一章　　　　　　　　　003
第二章　　　　　　　　　050
第三章　　　　　　　　　078

第二部分

第四章　　　　　　　　　089
第五章　　　　　　　　　108
第六章　　　　　　　　　125
第七章　　　　　　　　　133
第八章　　　　　　　　　141
第九章　　　　　　　　　158

第三部分

第十章　　　　　　　　　183
第十一章　　　　　　　　193
第十二章　　　　　　　　206

第一部分

第一章

舅舅死了才半天,弗朗西斯·马里恩·塔沃特这孩子就喝得酩酊大醉,墓穴没挖两下就给撂下了。提着罐子来打酒的黑人巴福德·芒森只好把它挖完,将依然在早餐桌边保持坐姿的尸体拖过去,用体面的基督教方式埋了。他将坟头填满土,防止狗把尸体扒出来,并在上面插了根十字架。巴福德是中午那会儿来的,离开时太阳已经落山了,可塔沃特还在呼呼大睡。

实际上,老头是塔沃特的舅公[1],或者说他这样称呼老头。在塔沃特的记忆里,他俩一直住在一起。舅舅说,他七十岁那年救下他,把他养大,直到如今八十四岁离开人世。塔沃特据此推算自己大概十四岁了。舅舅教他数学、阅读、写作,还教他历史,从亚当被赶出伊甸园开始,到历届总统,一直讲到赫伯特·胡佛,再到想象中的耶稣复活和审判日。老塔沃特不仅给他提供了良好的教育,还把他从自己仅有的另一个亲人手里解救了出来。那个人是老头的外甥,一个教书匠,自己那会儿无儿无女，想收养死去的妹妹留下的这个孩子，按照自己的想法培养成人。

老头当然知道这个想法是什么。他在外甥家住了三个月，原以为这是外甥的慈善之举，可后来发现并非如此，压根儿就不是那么回事。他住在那儿时，外甥一直在悄悄地研究他。外甥借慈善之名把他接过去，又偷偷地潜入他的灵魂，问他一些似是而非的问题，在家里四处设下陷阱，看着他一次次掉下去。最后，外甥把研究结果整理成文，投给一家教师杂志。此举恶心至极，连上帝都看不下去了，于是亲自出手，救出老头。上帝赐予老头愤怒的神启，吩咐他带上这个孤儿，逃到偏僻的密林深处，将他抚养成人，以验证上帝的救赎。上帝赐之以长寿。于是，老头从教书匠的眼皮底下救出孤儿，把他带到林中空地。这块空地叫波德海德，是老头的终身领地。

老头自称是名先知。他抚养这个男孩，是要他等待上帝的召唤，为他听到召唤的那一天做好准备。他告诉孩子，先知会遭遇不幸，人间的不幸无足轻重，来自上帝的那些则会将先知烧净。他自己就曾多次被焚烧净化过。从焚烧中他获得了启迪。

年轻时，他曾应召去城里宣布，抛弃救世主世界将遭灭顶

---

1 原文中塔沃特一会儿称老头为舅舅，一会儿又喊他舅公。实际上，老头是男孩母亲的舅舅。译者按照原文译出，未作修改，以下同。

之灾。他满腔愤怒地预告，这世界迟早会看到太阳爆炸，血肉横飞，火光冲天。他怒气冲冲地等呀等，可太阳依旧每天早晨升起，那么平静，那样淡定，整个世界，还有上帝，仿佛没有听到他这个先知的预言。太阳不停地升啊，落啊，这个世界也不断地由绿变白，周而复始，反反复复。太阳升起、降落，他对上帝的听觉绝望了。终于有一天早晨，他兴奋地看到，太阳冒出一根火焰手指。他还没来得及转身、欢呼，那手指就已经触到他身上，他一直苦苦等待的毁灭终于降临到他的大脑和身体上了。只是这个世界的血毫发无损，他身上的血却给烧干了。

老头从自己的错误中吸取了很多教训，所以有资本教导塔沃特——当孩子乐意聆听的时候——要服务上帝，这一点毋庸置疑。可这孩子有自己的想法。他一边听，一边急不可耐地坚信，要是时机成熟了，上帝来召唤他，他绝不会犯一点错误。

上帝用烈火纠正老头的错误，这可不是最后一次。不过，自他从教书匠那里救出塔沃特，这种事就再也没有发生过。那一次，他神启的怒火清晰可见。他明白拯救孩子是要摆脱什么。他追求的是拯救，而不是毁灭。他已经尝过太多的教训，憎恨的是将要降临的毁灭，而不是那些要被毁灭的东西。

雷伯那个教书匠很快就发现了他们的下落。他来到林中空地，要把孩子夺回去。他将车子停在土路上，沿着一条时断时续的小径，在林中走了一英里，来到一片玉米地。地中央矗立着一幢破败的两层小屋。老头总喜欢跟塔沃特回忆外甥在玉米地里行走时隐时现的情景：走得满脸通红，一脸汗水，上面还划了一道道伤痕。玉米地后面还有一位慈善会的女人。她戴着一顶粉红色帽子，上面还插着鲜花。她是随雷伯一起来的。那一年，玉米一直种到门口，离走廊只有四英尺。外甥从玉米地里钻出来时，老头端着一把猎枪站在门口，厉声警告，哪只脚胆敢碰一碰台阶，他就打烂它。于是，两个人僵立在那儿，面面相觑。恰好此时慈善会女人从玉米地里气冲冲地钻出来，活像一只在孵蛋的雌孔雀，满脸不悦。老头说，要不是因为那女人，他外甥绝对不会迈前一步。两人脸上被荆棘丛生的灌木丛划得伤痕累累，血迹斑斑，女人的衬衫袖子上还勾着一根黑莓枝。

慈善会女人缓缓地呼了一口气，这呼出的就好像是她耗尽的平生最后一丝耐心。外甥抬起脚，落到台阶上，老头随即朝他腿上开了一枪。为了给塔沃特有身临其境之感，老头还细述了外甥的表情。只见他满脸怒火，正气凛然。这神情深深地激怒了老头。于是，老头举起枪，朝他又开了一枪，将他右耳削掉了一角。这一枪把他凛然的正气打得无影无踪，什么表情也没有了，只剩下一张惨白的脸。这表明，这张脸背后空空如也，同时还显示——老头对此毫不否认——他自己也很失败——因为很久以前,他也想拯救外甥,但无果而终。外甥七岁时,他拐走他,把他带到林中的空地,不仅给他洗礼,还向他传授什么叫救赎。然而,老头教育的成效并没有持续几年,那孩子就走上了一条不同的道路。好几次他在想,外甥走上新的道路说不定是他造成的。一想到这一点,老头心里就沉甸甸的,不愿意把故事再跟塔沃特说下去。他一言不发,瞪着前面,就好像在观察脚下裂开的一个深坑似的。

每逢这个时候,老头就会独自跑到密林里溜达,偶尔一去还好几天,而塔沃特则被孤零零地丢在空地里。他是去寻求与上帝平安相处的办法。回来时,他饥肠辘辘,狼狈不堪。塔沃特心想,先知应该就是这个模样吧。老头看上去就像和野猫厮打过似的,满脑子装的好似还是他在野猫眼里看到的景象,光之轮,还有长着巨型火焰翅膀、四个头朝向宇宙四角的怪兽。上帝要是此时召唤老头的话,塔沃特断定他会说:"上帝,我已到此,随时奉命!"而有时候,舅公眼中则没有火焰,嘴上说的都是背负十字架身上如何流汗、发臭,如何重获新生、然后再死,如何在永生中享用生命之饼[1],等等。每逢此时,小男孩就会陷入神游,注意力游离到其他事情上。

老头讲故事,思绪的节奏并不是一成不变的。有时,他好

---

[1] 耶稣在《圣经》里说:"我就是生命的粮(饼)",饼被用来表征生命,所以有"生命之饼"之说。

像不大高兴提这件事，讲到开枪打外甥会一带而过。接着，他讲述外甥和慈善会女人（滑稽的是，她叫伯妮丝·毕晓普[1]）两个人如何落荒而逃，消失在哗哗作响的玉米地里；还讲到那女人如何大声责问他外甥："为什么不早告诉我？你早就知道他是个疯子！"老头还告诉塔沃特，他跑到楼上的窗子前时，刚好看到那两个人从玉米地另一边冒出来。他发现，慈善会女人搂着他外甥，扶着他钻进了密林。老头后来得知，外甥娶了她。那女人的年纪比他外甥大一倍，这么大年纪，顶多只能给他生一个孩子。她再也没让他来空地。

老头说，上帝保护了他们这唯一的孩子，没有让他被这样的父母给毁了。上帝采用了唯一可能的方式保护了他：让他一生下来就是个白痴。讲到这里，老头总会停一停，让塔沃特自己体会这个神奇的力量。自打得知那孩子出生，他到城里跑了好几趟，想把孩子拐过来，替他洗礼，可每一次都是空手而归。教书匠已经高度警惕，再加上老头如今身体臃肿，行动笨拙，已经无力轻巧地拐走孩子。

"要是我死了还没有给这孩子洗礼，"老头跟塔沃特说，"那任务就交给你了。这是上帝赋予你的第一个使命。"

第一个使命居然是给一个智障孩子洗礼，塔沃特怎么也不

---

[1] 伯妮丝·毕晓普，英文为 Bernice Bishop，读上去像是 Be a nice bishop，意思是"做个好主教"，故显得滑稽可笑。

信。"不，不可能的，"他说，"你没做的事，上帝不会要我来做的。上帝对我另有安排。"于是，他想起摩西击石引水[1]，想起耶和华让日头停住[2]，还想起但以理在坑中直视狮子。[3]

"替主操心，这可不是你的事，"舅公说，"不然审判日你会吃尽苦头。"

老头死的那天早晨，像往常一样下楼做早饭，可一口还没吃上，人就咽气了。整个一楼都是厨房，很宽敞，却很昏暗。墙角里放着一个柴火炉，炉边是一张餐桌。四周墙角堆放着一袋袋饲料，废铜烂铁、刨木屑、旧绳子，还有其他易燃物等，遍地都是。不是老头，就是塔沃特随手丢放的。两人原先就睡在厨房里。可有天夜里，一只山猫破窗而入，把老头吓了一大跳，于是他们就把床挪到了楼上。那里有两个房间空着。老头当时就预言，爬楼梯，他会折寿十年。死的那一刻，他坐下来，正打算吃早饭，红红的大手拿起餐刀，食物还没送到嘴

---

[1] 根据《圣经》记载，出埃及40年后人们缺水喝，摩西便击打岩石，从中引出了水。见《圣经·旧约·出埃及记》17：6。
[2] 根据《圣经》记载，约书亚祷告耶和华，在以色列人眼前说："日头啊，你要停在基遍，月亮啊，你要止住亚雅仑谷"。于是日头停留，月亮止住，直到国民向敌人报仇。见《圣经·旧约·约书亚记》10：12。
[3] 根据《圣经》记载，因仇人陷害，但以理被王扔进狮子坑，可狮子并没有伤害清白的他，最后获释。见《圣经·旧约·但以理书》6：22。

边，突然大惊失色，手随即耷拉下来，落在餐盘边，把盘子压翘了起来。

老头像头公牛，头颈又粗又短，头好似直接嵌在肩膀里，一双银色的眼睛鼓鼓的，看上去犹如一对拼命挣脱红线网的鱼。他头戴一顶浅灰色帽子，帽檐全都翘了起来，内衣外面穿着的外套，原本是黑色，现在都褪成了灰色。塔沃特坐在餐桌对面，看到老头的脸上红筋暴起，一阵抽搐掠过全身。抽搐像是发自心脏的颤抖，由里向外，一直传到身体表面。老头的嘴向旁边一歪，全部变了形，不过整个人依然一动未动，还是端端正正地坐着，背部离椅背足足还有六英寸，肚子刚好贴着桌沿，一双银色的眼睛，毫无生机地盯着坐在对面的塔沃特。

塔沃特觉得颤抖会自行转移似的，悄悄地传到了他的身上。他不用碰就知道老头死了。他依然坐在桌前，面对尸体，闷闷不乐，局促不安地吃完早饭，仿佛对面坐着的是个陌生人。吃完饭，他用抱怨的口气说："急什么急呀，都跟你说了，我会做好的。"这声音听上去像是陌生人的，似乎死亡改变的不是舅公，而是他自己。

塔沃特站起来，拿着盘子走到后门外，放到最下面一级台阶上，两只黑色长腿斗鸡立刻从院子里飞奔过来，把盘子里的残羹冷炙啄得精光。他走到后门走廊里，坐到一只长松木箱子上，双手心不在焉地解着一根长绳，而双眼呢，则越过林中的空地，凝视着前方的密林。密林一片紫灰色，层层叠叠，一直绵延到淡蓝色的树林天际线，像一排城堡矗立在早晨空旷的天空里。

波德海德不通土路，马车道和人行道也不通。最近的邻居，一帮黑人，不是白人，要想过来的话，都得徒步穿过树林，拨开一排排李树枝才能到达。早先这儿有两幢房子，现在只剩下一幢了。两位主人，死的在里面，活的在外面的走廊里等着给他下葬。塔沃特知道，得把老头葬了才能开始干其他事情，就好像不把他埋进土里他就没有死透似的。想到这里，他似乎觉得，压在心头的那件事可以缓一缓了。

几周前，老头开始在左边种植一亩玉米。玉米地越过篱笆，差不多伸到了房子的一侧。两道铁丝网从玉米地中央横穿而过，一团雾气猫着腰，正缓缓地飘过来，像一条白色猎狗，打算猫起身子，钻进院子。

"我要把篱笆挪走，"塔沃特说，"我可不想让我的篱笆放在田地中央。"他的声音很响，但怪怪的，让人听起来很不舒服。这个声音在他脑海里继续说：你可不是主人，这里的主人是那个教书匠。

我就是！塔沃特说，住在这儿的是我，谁也别想把我赶走。要是哪个教书匠敢来这里要财产，我就宰了他。

他转而又想，说不准上帝会要我离开。四野无声，塔沃特感觉自己的心脏开始热血沸腾。他屏住呼吸,仿佛要聆听天空传来的什么声音。过了一会儿,他听到走廊下面有只母鸡在刨食。他在眼前猛地挥动手臂,渐渐地,面色又变得苍白起来。

塔沃特穿着一条褪色的工装裤,头戴一顶灰色帽,像软帽似的,帽檐拉得很低,把耳朵都盖住了。他学舅公的样子,除了上床睡觉,帽子从不离头。舅公的习惯,他全都保留,直至现在。不过他思忖:舅公还没下葬我就把篱笆移走,鬼都不会管的,死人怎么还能在地下说话呢。

先把他埋了,忘掉这事,陌生人的声音说。声音很响,但听起来很不舒服。塔沃特起身去找铁锹。

塔沃特一直坐在松木箱子上。这箱子是舅公的棺材,但塔沃特不打算用。老头太沉,他一个瘦弱孩子,根本没办法把尸体举过棺材沿放进去。虽然老塔沃特早在几年前就给自己打好了这口棺材,但他说,那天来的时候要是没办法把他弄进去,就直接把他埋进坑里好了,只是坑要挖得深一点,他说最好十英尺,不止八英尺。老头费了很长时间才把棺材打好,并在棺盖上刻了"**梅森·塔沃特,与上帝同在**"几个字。打好后,棺材摆在后廊上,放在那儿有一段时间了。他还曾爬进去躺了一会儿,从外面什么也看不见,只看到肚子从里面突出来,活像发酵发过头的面包。孩子站在棺材边,细细打量他。"我们所有人都是这个归宿。"老头的声音从棺材里传出来,是那么洪亮，那么心满意足。

"你太胖了，棺材装不下，"塔沃特说，"要把你压下去，我只得坐到棺盖上，再不就等你腐烂一些后再放进去。"

"别等，"老塔沃特说，"听着，到时候棺材要是不能用，而你又抬不起来之类，不管遇到什么问题，你把我埋进坑里就行了，不过，坑要挖得深一点，我要十英尺，不是八英尺，是十英尺。要是实在没办法，你就把我滚到坑前，我会滚的。找两块木板铺到台阶上，把我滚下去，我滚到哪儿停下，你就在哪儿替我挖个坑。必须等坑挖得足够深了，再把我滚进去。找几块砖把我撑住，免得坑还没挖好我就滚进去了。千万不要坑还没挖好就让狗把我给拱了进去。你最好把狗都关起来。"

"你要是死在床上怎么办？"孩子问，"我怎样才能把你弄下楼梯呢？"

"我不会死在床上的，"老头说，"一听到上帝召唤，我就跑下楼梯，尽可能跑到门口。要是真死在床上，你就把我从楼梯上滚下去，就这样。"

"上帝呀。"孩子说。

老头从棺材里坐起来，握起拳头捶着棺材沿。"听着，"他说，"我从未要你做过什么。我把你领过来，抚养你，从城里的那个蠢货手里救出你。我现在不求回报，只求你等我死了把我埋到地下，埋到死人该去的地方，上面再竖根十字架，表明我埋在那儿。我要你回报的就这么一丁点儿。我甚至没要你找来一帮黑鬼,把我弄去和父亲葬在一起。我本可以这样要求你,可我不想。我只想为你把一切弄得越简单越好。我只要你把我埋了,竖根十字架而已。"

"要是能把你埋到地下,那我真够了不起了,"塔沃特说,"我一定会累得精疲力竭,哪还有力气竖什么十字架呀。我最烦这些鸡毛蒜皮的小事。"

"小事!"舅公斥责道,"等到那一天这些十字架全都聚到了一起,你就知道这是何等的小事!安葬逝者,可能是你为自己做的唯一荣耀的事情。我把你从城里带到这儿,培养成一名基督徒,不仅仅是基督徒,还是个先知!"老头怒气冲冲地说,"你要担起这份重任!"

"我要是没力气安葬你,"男孩一边说,一边谨慎而木然地看着他,"我就到城里通知舅舅[1],他会来好好安葬你的,那个教书匠。"他慢悠悠地说。这时,他发现舅公紫色面孔上的麻子变得惨白。"他会料理你的。"

老人眯起眼睛,露出十分不悦的神情。他抓住棺材沿,身体向前一推,像是要驾驶棺材驶离走廊似的。"他会把我烧成灰的,"老头沙哑地说,"他会把我丢进熔炉里烧成灰,然后撒

---

[1] 男孩把老塔沃特和教书匠都称作舅舅,实际上,他应该称老塔沃特为舅公。

掉。'舅舅,'他曾跟我说,'你这种人现在几乎绝种了!'他会心甘情愿地掏钱给殡葬人,要殡葬人把我烧成灰撒掉,"他说,"他不相信死而复生,不相信最后的审判日,不相信生命之饼……"

"死人就别挑剔了。"男孩打断他说。

老头抓住男孩工装裤前襟,一把将他拎起来顶着棺材,瞪着孩子惨白的面孔,说:"这个世界是逝者的世界,想想所有的逝者。"接着,他像是想到了回击世上所有傲慢无礼的答案,又说:"死人可比活人多上千百万倍,死人死的时间也要比活人活的时间长千百万倍。"说完,他哈哈大笑,放开了男孩。

听了老头这番话,男孩被镇住了,不过也只是微微哆嗦了一下而已。过了片刻,他说:"教书匠是我舅舅,以后就是我唯一头脑清楚、还活在世上的亲人了。我想跟他走就跟他走,现在就走。"

老头盯着他,一言不发,盯了似乎整整一分钟,随即双手猛地一拍棺材边沿,咆哮道:"遭瘟疫的,必遭瘟疫!挨千刀的,必挨千刀!受火刑的,必受火刑!"男孩吓得直哆嗦。

"我把你救出来,让你获得自由,成为你自己!"老头吼道,"而不是让你成为他脑子里的知识!你要是和他生活在一起,现在就成了他脑子里的一堆知识了。而且,"他继续说,"你还要去上学。"

男孩做了一个鬼脸。老头总是对他说，没有送他上学，是他多好的运气。上帝认为这样做是对的，可以确保孩子纯洁成长，免遭毒害，成为上帝选定的仆人，经过先知的训练，为上帝进行预言。当同龄的孩子们都被关在房间里，跟着一个女人学习裁剪纸南瓜时，你却在自由自在地追求智慧，享受精神伴侣们的陪伴。这些伴侣是亚伯、以诺、诺亚、约伯、亚伯拉罕和摩西、大卫王和所罗门，以及所有的先知，从逃过死亡的以利亚，到被砍下的头颅放在盘子里让人恐惧不已的约翰，一应俱全。男孩知道，没有被送去上学，是他被选中当上帝仆人确定无疑的标记。

学监只来过一次。上帝提醒老头要做好准备，该怎么应付。于是，老塔沃特专门教孩子到时如何应对学监这个魔鬼使者。到了那天，他们看到学监从田地里过来时，两人已经准备就绪。男孩躲到房子后面，老头则在台阶上坐等。学监是个男的，瘦瘦的，还秃顶，身上穿着条红色吊裤带。他从田里走出来，踏上院子里干硬的泥土。他小心翼翼地跟老塔沃特打了声招呼，然后便说明来意，那神情仿佛不是专门为此事而来似的。他在台阶上坐下来，东扯西拉，什么天气不好啦，身体不行啦。最后，他凝视着农田，说："你有一个小男孩是吧？应该要送去上学了吧。"

"一个好孩子，"老头说，"要是有谁觉得自己能教他的话，我才不愿拦着呢。孩子!"他喊道,男孩没有出来。"喂,孩子!"老头又大喊了一声。

过了几分钟,塔沃特从房子一边绕了出来。只见他眼睛睁得大大的,眼神却飘忽不定,肩膀耷拉着,脑袋瓜像是失去了控制,左摇右晃,还张着嘴巴,伸着舌头。

"他不是很聪明,"老头说,"可是个非常好的孩子。你叫他,他晓得出来。"

"是呀,"学监说,"确实如此,可最好还是让他自个儿一边安静地待着吧。"

"这我不清楚,他或许喜欢上学吧,"老头说,"可不到两个月他就会烦的。"

"我想他最好还是待在家里吧,"学监说,"我可不想给他什么压力。"学监说着就把话题岔到了别的事情上。不一会儿,他便起身告辞。舅孙俩心满意足地目送着他移动的身影在农田里渐渐消失,一直看到红吊带从他们的视野中完全消失。

男孩要是落在那个教书匠手里,他现在就会在学校里上学,和许多学生混在一起,毫不出众,而且还会变成教书匠脑海里的分数和算术。"他当初也想把我塞进他脑子里,"老头说,"还想把我弄进那本教书匠杂志里。我一旦进去,我永远也别想从他脑子里出来了。"教书匠家里空空如也,只有书籍和报纸。当初去他家住的时候,老头还不知道,任何一个生灵,只要外甥[1]的眼睛看到、传进大脑里,不是被他大脑转变成书、报纸,就是成为表格。教书匠对老头被上帝选为先知似乎很感兴趣,问了他许多问题,有时甚至还匆匆地在小本子上记下答案,一双小眼睛时不时地闪烁着光芒,像是发现了什么。

老头以为,劝说外甥信奉救赎一事有进展了,他尽管嘴上没这么说,可至少愿意听了。他似乎很高兴聊一些舅舅感兴趣的话题。最后,他还询问舅舅小时候的生活。实际上,老塔沃特早把这些给忘到九霄云外了。老头想,对祖辈产生兴趣会得到善报的。善报,都是些什么善报呀,不是恶臭,就是耻辱,一些毫无生机的字眼儿,全是干瘪、无子的果子,甚至烂都烂不掉,因为这些果子一开始就已坏死。老头时不时地从嘴里吐出几句教书匠文章里的蠢话,就像在吐一片片毒药似的。在他记忆中,怒火已经把这些句子逐字烧成了灰。"他渴望上帝召唤他,是源于自己有种不安全感。他需要从召唤中获得自信,于是便自我召唤了。"

"自我召唤!"老头气愤地嘘道,"自我召唤!"他听了非常恼火,足足有一半时间什么事也做不了,只是不停地重复这句话。"自我召唤,我召唤我自己。我,梅森·塔沃特,自我召

---

[1] 按辈分,教书匠才是老塔沃特的外甥,而小塔沃特实际上是老头的甥孙。

唤！召唤我自己去挨人揍，被人绑；召唤我自己遭人唾弃，受人嘲笑；召唤我自己让别人打击我的自尊；召唤我自己让上帝的目光把我撕成碎片。听着，孩子，"老头一边说，一边抓住男孩吊裤带将他慢慢地摇来摇去，"就是仁慈的上帝也会暴跳如雷的。"他放开男孩的背带，任由孩子在这个想法的荆棘丛中煎熬，而他自己则在继续吼叫、呻吟。

"他想要我去的地方就是那个教书匠杂志。他以为，我一旦进去，就永远也别想从他脑子里出来了，我就完蛋了。他以为事情就这样了，就这样结束了。哼，结局才不是这样呢！你瞧，我不是坐在这儿吗，你也坐在那里呀，自由自在的，没有被装进任何人的脑袋！"他的声音从身上飘出去，好像是他自由的自我中最自由的东西，挣脱了他笨重的身躯，逃走了。此时，舅公欢乐的神情中有种东西深深地感染了塔沃特。他感觉自己像是逃脱了某种神秘的牢笼，甚至觉得闻到了自由的味道，是从树林那边飘过来的，散发着松树般的清香。老头继续说："你生于束缚，经过洗礼，获得自由，归入上帝之死，归入主耶稣基督之死。"

听了这些，男孩感到闷闷不乐，心里渐渐地产生了一股强烈的怨气：干吗非得把自由和耶稣扯到一起不可，为什么耶稣必须得是上帝。

"耶稣是生命之饼。"老头说。

男孩困惑不安,目光越过藏青色的树梢天际线,遥望远方。世界在那里延伸,隐秘、安逸。他打内心最隐秘、最深处就知道:他不饿,不需要那块生命之饼。这个感觉就像一只熟睡的蝙蝠,头尾倒挂,确信无疑,不容否认。灌木丛替摩西燃烧,太阳为约书亚止步,狮子看到但以理身子转到一边,难道这一切只是为了预言生命之饼?耶稣?这个结论让他失望至极,倍感恐惧。老头说,他一断气就赶往加利利湖边,去吃上帝不断增加的饼和鱼[1]。

"永远都这样?"男孩满脸恐惧。

"永远这样。"老头回答。

男孩觉得,这种饥饿感是导致舅公疯狂的根本原因。他暗自担心这种感觉传染给了他,藏在他的血液里,有朝一日爆发出来,之后他就会像老头一样,遭受这种感觉的折磨,胃从最深处被撕开了口子,无药可治,也没有食物可以填充,唯有生命之饼能够治愈。

只要可能,他总是想方设法忘掉这一切,目光保持直视,只盯着眼前的东西,只关注事物的表面,好像是害怕,眼睛一旦对什么多看一眼,比如铁锹、锄头、犁铧前骡子的屁股、脚

---

[1] 根据《圣经》记载,五千人在聆听耶稣讲道,夜晚时分,耶稣从门徒处拿了五个饼,两条鱼,望天祝福后,把饼和鱼掰开,喂饱了五千人。见《圣经·新约·马可福音》6: 30—44。

下的红土梨沟等等，那个东西马上就会赫然在目，陌生而又吓人，而且还要他为自己起名，起的还要恰当，然后根据名字的恰当程度，对他进行审判。这种看似亲密、实则恐怖的创世行为，塔沃特唯恐避之不及。他希望，上帝如果召唤，召唤声是来自碧空蓝天，来自我主万能上帝的号角，未经任何人肉之手触碰，也没有任何呼吸吹过。他希望在神秘巨兽的眼睛里看到火轮，而且舅公一咽气就能看到。男孩迅速转开注意力，走过去拿铁锹。他边走边寻思，教书匠是个活人，可他最好别过来从我手里抢夺这里的房产，否则我会杀了他。他舅舅说过，要是去找他，会下地狱的。我把你从他那儿救出来，养到今天，要是我一入土你就跑去找他，那我也没有办法。

铁锹靠在鸡窝边上。"我绝不会再踏入城里一步。"男孩大声地自言自语。永远不去找他，不管是他还是别人，谁也别想让我离开这里，永远都别想。

男孩决定把墓穴挖在那棵无花果树下，这样老头的尸体会有助于无花果树生长。这块地，上面是沙土，下面则是硬邦邦的石块，铁锹挖下去，发出刺耳的咣当声。尸体重达两百磅，像要埋座山似的，男孩想。于是，他一只脚踩着铁锹，欠着身子，透过树叶，遥望白色的天空。要从这块岩石堆里挖出一个大坑，没有一整天时间是不行的，换成教书匠用火烧，一分钟就搞定了。

塔沃特曾经隔着约莫二十英尺见过那个教书匠，也见过他那个弱智孩子，而且距离更近。智障儿看上去跟老塔沃特挺像的，只是眼睛有些不同，虽说也是灰色的，却格外明亮，眼珠子后面像是一直通向一个水池，清澈无比。小孩一看就是个傻子。那一次，老头和塔沃特去那儿的时候，看到智障儿和自己异同之处，老头惊得目瞪口呆，愣愣地站在门口，两眼直勾勾地看着智障儿，舌头滑到外面耷拉着，好像自己也智障似的。这是他第一次看见那个智障儿，至今都无法忘记。"娶了她，居然生出这么个孩子，一个白痴，"他叽咕道，"是上帝保护了他，上帝现在要看他受洗。"

"是吗？那你为什么不行动呢？"塔沃特问道。男孩希望发生点事情，想看看老头采取行动，希望他绑架智障儿，迫使教书匠追过来，这样他就可以更清楚地瞅瞅他的另一个舅舅。"你在担心什么？"他问道，"为什么迟迟不动手？干吗不快点把他偷过来？"

"我听从我主上帝的安排，"老头说，"我主自有主意，我才不会听你指挥呢。"

白雾在院子里悠闲地飘着，缓缓地消失在院子的另一头。空气清澈、空灵。塔沃特还在想教书匠家的事。"在那儿待了三个月，"舅公曾经对他讲，"真是丢人！待在自己亲戚家里，却遭到亲戚背叛了三个月。我死了，你要是想把我交给那个叛徒，看着我的尸体被烧成灰，那就交吧，孩子，随你的便！"老头从棺材里坐起来大声吼道，满脸麻子涨得通红。"把我交给他，让他把我烧了吧，可烧完后要当心上帝的那头狮子。记着，狮子就埋伏在那个假先知行走的路上！他不相信酵母，可它在我身上发酵呢，"他说，"而且，我不会被烧成灰的！我死后，你就独自住在这块密林里，沐浴着灿烂的阳光，一定会比和你舅舅一起住在城里要舒服得多。"

塔沃特继续挖，可铁锹怎么也挖不深。"死人真可怜。"他操着那个陌生人的声音说。你不会比死人更可怜。他没有选择。没人来烦我了，他心想，永远没有了。不管我干什么，也没人伸手阻止我了，除了上帝，不过上帝什么也没说，上帝甚至还没注意到我呢。

一条沙黄色猎狗在旁边摇着尾巴拍打地面，几只黑鸡在他刚挖出来的黏土里扒找食物。太阳已经滑到蓝色树梢天际线上面，四周泛起一圈黄雾，正在天空中缓缓前行。"我现在想干什么就干什么。"他将那陌生人的声音变柔和些，好让自己能够适应。看着那些毫无价值的黑色矮脚斗鸡，他心想，只要我高兴，就可以把这些家伙全宰了。而这些鸡都是他舅舅喜欢养的宝贝。

他喜欢做傻事，做的还不少，陌生人说。实际上，他很孩子气。说实话，那个教书匠从未伤害过他，顶多只是观察观察老头，把所见所闻写成一篇文章给老师们读。这有什么不对？根本没有哇。老师读什么，谁关心呀？再说了，那老蠢货一举一动，就像灵魂被扼杀了似的。他并不像他想象的那样快要死了。又活了十四年，把塔沃特抚养大，按他的心愿替他安葬。

塔沃特挥舞铁锹使劲地挖，而陌生人强忍着怒火，不停地重复说，你要用手把他完全埋到地下，而教书匠用火一分钟就把他烧了。

挖了一个多小时，墓穴才一尺深，尸体根本放不进去。塔沃特在墓穴边坐了一会儿。天上的太阳看上去就像是一个满腹怒气的白水泡。

死人比活人麻烦多了，陌生人说。到了审判日，插有十字架的尸体都要集中起来，这种事情那个教书匠是压根儿不会去想的，在世界其他地方，人们做事的方式跟你学到的完全不同。

"那儿我去过一次，"塔沃特说，"不用别人告诉我。"

两三年前，他舅舅去拜访过律师，想解除房产的限定继承权，不给教书匠，而要传给塔沃特。律师事务所在十二层，舅舅在交谈正事的时候，塔沃特坐在窗边，俯视下面深坑似的街道。从火车站一路过来，他昂首挺胸，走在人流中。这些人，个个小眼睛，犹如一排移动的孔眼斑斑的金属和水泥。他戴着一顶崭新的灰色帽子，帽檐挺括，像屋檐似的，平稳地架在扶壁般的耳朵上，把自个儿的炯炯目光全给挡住了。来之前他就看了年历，知道这里有七万五千人第一次看见他。他想停下来，和他们一一握手，告诉他们他叫 F. M. 塔沃特，是陪舅舅来这里到律师事务所办事的，只待一天。每个人从身边经过，他都会猛地回头看上一眼，直到后来人流速度太快才作罢。他发现，这些人跟乡下人不一样，不会盯着你看。有好几个人撞到他——这是缘分，他们本该成为毕生的相识，可什么也没有——只是咕哝一句"抱歉"，便闷着头，继续左推右挡地向前走去。要是他们能停一下，这个道歉他会接受的。

他立刻恍然大悟，而且事先几乎是毫无征兆，这是一块邪恶之地——人们赶路埋着头，说话咕咕哝哝，走路匆匆忙忙。他灵光一现，发现这些人行色匆匆，纷纷从我主万能的上帝身边逃走。先知们都要来到这个城市。此刻，他就在市中心，站在这儿欣赏一幕幕他本该感到恶心的景象。他眯着眼睛，留心观察在前面匆匆赶路的舅舅，只见他对这个城市没有一丝兴趣，连密林中的一头熊都不如。"你算什么先知呀。"塔沃特嘶哑地说。

舅舅没在意，继续朝前走。

"还说自己是先知呢！"他抬高嗓门，依旧满腔怒气。

舅舅停下来，转身轻声地说："我是来办事的。"

"你总说自己是先知，"塔沃特说，"我现在可算明白你是啥先知了。以利亚[1]会整天惦记你的。"

舅舅脑袋向前一伸,双眼圆睁。"我是来办事的,"他说,"要是上帝召唤你,你就去忙你自己的使命吧。"

男孩挪开视线,脸色有些苍白。"上帝还没有召唤我呢,"他咕哝道,"上帝召唤的是你。"

"我知道上帝什么时候召唤我,什么时候不召唤我。"说完,舅舅便转过身去,不再理会他了。

在律师事务所窗前,塔沃特跪下来,脸伸到窗外,俯视大街上蚂蚁般川流不息的人群,仿佛是一条流动的锡皮河。他看着太阳照在上面的光线。太阳在苍白的天空中苍白地飘移着,遥不可及,无法点燃任何东西。等到上帝召唤后再来这里的那一天,他要双眼喷火,要让这个城市骚动起来。在这里,你要是不做点什么不同凡响的事来,他们才不会瞧你呢,他心里想。他们不会因为你在这里就瞧你。想到舅舅,他又讨厌起来。等我回来就永远不走了,他自言自语,我要做点什么,非要让每一只眼睛都紧紧地盯在我身上不可。他向前探了探身子,只见头上的新帽子轻轻一滑,掉了下去,失去了控制,在微风中悠闲地飘来荡去,最后落到下面的"锡皮河",被人踩成了碎片。他抱着光脑袋,跌回到房间里。

---

[1] 以利亚,天主教译为厄里亚,意即"耶和华是我的神",为古希伯来先知。

舅舅正和律师争得不可开交,两个人蹲下身,同时抡起拳头,捶着隔在中间的桌子。律师是个高个子,圆脑袋,鹰钩鼻。他压着怒火,不停地尖声说"可这个遗嘱不是我立的,法律也不是我定的呀"。舅舅粗声粗气地回敬道:"这我没办法。我父亲可不想看到他的房产让一个傻瓜来继承,他压根儿就不愿意这样。"

"我帽子掉了。"塔沃特说。

律师猛地往后一仰,坐到椅子里,然后挪动着椅子腿,吱吱呀呀地移到塔沃特面前,淡蓝色的眼睛兴趣索然地瞧了他一眼,随即又吱吱呀呀地挪上前去对塔沃特舅舅说:"我实在无能为力,你不要再浪费你我的时间了。你不如就接受这个遗嘱吧。"

"听着,"老塔沃特说,"那时候我以为自己不行了,年老多病,没几天好活了,而且身无分文,一无所有,所以他要照顾我,我就接受了。再说了,他是我最近的血亲。你会说照顾我是他的责任,而我觉得这是慈善,我想……"

"你是怎么想的,怎么做的,你的血亲又是怎么想的,怎么做的,这些我都不管。"说完,律师闭上了眼睛。

"我帽子掉下去了。"塔沃特又说了一次。

"我只是一名律师。"律师说,目光游离到一排排土黄色法律书上,那些书犹如办公室里修筑的防御工事。

"帽子现在很可能被车子轧扁了。"

"听着,"舅舅说,"为了写那篇文章,他一直在研究我,偷偷地对我,他的亲戚,进行测试,从后门潜入我的灵魂对我说:'舅舅,你这种人几乎绝种了!'几乎绝种了!"老头大声嚷道,从嗓子里勉强挤出一丝声音说,"我倒是要让你看看我怎么就绝种了!"

律师又闭上眼,露出轻蔑的笑容。

"我去找别的律师。"老头咆哮道。舅孙俩离开那儿,一口气又跑了三家律师事务所。塔沃特数着,可能有十一个人踩过他帽子了,当然也可能没有。最后,他俩从第四家律师事务所出来,在一幢银行大楼的窗台上坐了下来。舅舅从口袋里摸出几块随身带来的饼干,递给塔沃特一块。老头解开衣服扣子,一边吃着饼干,一边挺起大肚子,托到大腿上放松放松。他气得满脸抽搐,麻坑间的皮肤像是要从一个麻点跳到另一个麻点似的。塔沃特脸色惨白,亮晶晶的眼神显得格外空洞、深邃。他头上围了一块劳动用的旧头巾,四角还打着结。过往的人这会儿倒是纷纷打量起他来,可他毫无察觉。"谢天谢地,终于办完了,可以回家了。"他喃喃道。

"这里事情还没办完呢。"老头说,随即"腾"地站起来,沿着大街走了起来。

"上帝啊!"男孩发着牢骚,跳起来,追了上去。"我们就不能坐下来稍微歇一会儿吗?你疯了吗?律师们都跟你说了,只有一部法律,你无力改变。我都明白了,你怎么就不清楚呢?你这是怎么啦?"

老头大步流星,头伸着向前冲,像是嗅到了敌人似的。

"我们这是去哪儿?"塔沃特问。这时,他们已经出了商业街,来到两旁都是灰色的圆形房子中间。这些房子个个有门廊,黑乎乎的,全都伸出来悬在人行道上。"听着,"他冲着舅舅的屁股打了一拳说,"我再也不要来了。"

"你很快还会来的,"老头咕哝说,"你不要不知足。"

"我从未要满足什么。我根本没要来。我现在来了,知道这里不过如此。"

"你想一想,"老头说,"回想一下,你要来的时候,我提醒过你要记住,来了以后,你是不会喜欢这里的。"两个人不停地朝前走,走过一条又一条长长的人行道,经过一排又一排门廊悬伸到人行道上的房子。房子的门都是虚掩的,尘光照在里面污渍斑斑的走道上。最后,他们走出那儿,来到另一片街区。这里的房子,窗明几净,矮矮宽宽的,几乎一个风格,每一幢门前都有个草坪。过了几个街区,塔沃特一屁股坐到人行道上,说:"我再也不走了,根本不知道到底要去哪儿,我一步也不走了。"舅舅并没有停下来,甚至连头也没回一下。塔沃特随即跳起来,又慌忙跟了上去,生怕丢了。

老头一个劲地朝前奔,似乎身上的血气引着他越来越接近那个敌人的藏身之处了。突然,他拐到通向一栋淡黄色砖房的小道上,脚步僵硬地挪向白色的大门,抬起笨重的肩膀,像是要撞门而入似的。门上有个亮闪闪的黄铜门环,他视而不见,用拳头捶着木门。这时,塔沃特瞬间反应过来了,是教书匠家。他停下来,直挺挺地站在那儿,盯着大门。隐约间,他本能地意识到,门就要开了,要揭开他的命运。他从心灵之眼里看到教书匠马上就会出现,看见他身材瘦削、满脸邪气,正等着和上帝派来征服他的人大打出手。男孩咬紧牙关,以防牙齿打颤。门开了。

一个粉红色脸蛋的小男孩站在门口,咧着嘴傻笑。他一头白发,脑门上满是疙瘩,脸上戴着一副金属框眼镜,淡银色的眼睛跟老头很相似,但清澈而空灵。他正啃着一个发黄的苹果核。

老头盯着孩子,惊讶地张开嘴巴,越张越大,像是发现了一个无法言表的秘密似的。小孩发出莫名其妙的噪音,推上门,只留下一条缝,身子藏到门后,只露出眼镜片下的一只眼。

突然间,一股强烈的怒火攫住了塔沃特。他透过门缝盯着小孩的脸,脑子飞转,想找个恰当的词,冲他吼去。最后,他一字一句狠狠地说:"我在这儿的时候还没你呢!"

老头一把抓住他的肩膀,将他拽回来。"他脑子不正常,"老头说,"他不正常,你看不出来?他听不懂你在说什么。"

塔沃特更加恼火,猛地一转身,打算离开。

"等一下,"舅舅一把抓住他,"到篱笆后面躲起来,我进去给他洗礼。"

塔沃特目瞪口呆。

"照我说的,到篱笆后面去。"说着,老头将他朝篱笆方向一推,然后提起精神,转身回到门前。就在他走到门口时,门猛地开了,一位戴着厚厚的黑边眼镜的清瘦年轻人站了出来。他伸出头,怒视着老头。

老塔沃特举起拳头。"我主耶稣基督派我来给那孩子施洗!"他大声说,"站一边去,别碍事!"

塔沃特从篱笆后面探出头,屏住呼吸,细细打量着教书匠。只见他的脸又瘦又长,下巴前突,整个脸向后斜,高高的前额,头发已经褪去,镜片厚得跟瓶底似的,将眼睛罩得严严实实。白发男孩抓住爸爸的大腿,抱着不放。教书匠一把将他推到屋里,然后跨出来,随手"砰"的一声关上门,继续怒视着老头,仿佛在挑衅说:"你敢再向前一步?"

"孩子哭着喊着要洗礼,"老头说,"即便是个白痴,在我主的眼里也是宝贝。"

"从我家滚出去!"外甥一面厉声喝道,一面又好像要克制自己,"你要再不滚,我就再把你送回到你该去的疯人院。"

"我是上帝的仆人,你敢碰我!"老头嚷道。

"给我滚开!"外甥再也克制不住了,失声吼道,"你先去问问主为什么要把他弄成个傻子,我的舅舅。告诉祂我想知道为什么会这样。"

塔沃特心在狂跳,他担心要从胸口跳出来,一去不返似的,于是将脑袋和肩膀从灌木丛中探了出来。

"你不能质问!"老头吼叫说,"你不能质疑我主万能上帝的想法,不能把上帝碾碎,塞进自己脑子里,然后吐出一个数来!"

"男孩在哪儿?"外甥突然环顾四周问道,仿佛刚想起来似的。"你要把那男孩培养成一名先知,好烧干我的眼睛,男孩在哪儿?"他笑了起来。

塔沃特低下头,又缩回到灌木丛里,突然讨厌起教书匠的笑声,因为那笑声似乎把他贬得一文不值。

"他的日子快到了,"老头说,"不是他就是我,要给那孩子施洗。我今生要是办不成,日后就由他来帮我完成。"

"不许你碰他,"教书匠说,"即便你在他以后的生命里不停地给他泼水,他依旧还是个白痴。现在五岁,永远都是五岁,一辈子都是个废物。听着,"他接着说,男孩听到他紧张的声音变小了,不像先前那么激动了,与老头相当但截然不同的激情被压了下来。"他不会受洗的——这是原则问题，不是别的。作为维护尊严的一种姿态，永远不能对他施洗。"

"时间会让施洗之手出现的。"老头说。

"那就让它自己出现吧。"外甥回敬道，打开身后的门退回屋里，"砰"的一声关上了。

这时，塔沃特已经从灌木丛中站起来，兴奋得头晕目眩。从那以后，他再没回过那里，也再没见过这个表弟，没见过教书匠。他乞求上帝，他告诉和自己一道挖墓的陌生人，他再也不会看到教书匠了。虽然他对教书匠没有什么恶感，也不愿非杀了他不可，但他要是跑来捣乱，为了法律规定之外的事情向他找茬，那就不得不宰了他。

听着，陌生人说，他到这里干什么——这儿什么也没有呀？

塔沃特没有搭腔。他没去细看陌生人的脸，不过现在他知道，这张脸棱角分明，亲切友善，聪明睿智。头上戴的硬邦邦的阔边巴拿马草帽把脸给遮住了，眼睛的颜色也看不大清楚。想起陌生人的声音，塔沃特已经不再厌恶了，只是听起来时常觉得很陌生。他开始觉得，他只是在和自己见面而已，就好像舅舅要是活着，就会剥夺他与自己相识似的。我不否认，老头是个好人，他的新朋友说，可就像你说的：你不会比死人更可怜了。他们只能接受命运的安排。他的灵魂已经离开这个凡人的尘世，身体不再有痛感，不管是火烧还是什么，都不会痛的。

"他这是在思考世界的审判日。"塔沃特咕哝说。

那么，陌生人说，你有没有想过，你一九五二年竖个十字架，到审判日那年会不会早就烂掉呢？烂成灰，就像他的骨灰一样，要是你把他烧成灰的话？我这样问你吧：水手在大海里淹死，会被鱼吃掉，这些鱼又被其他鱼吃掉，而其他鱼又被别的鱼吃掉，对这些水手，上帝怎么办？家里失火被自然烧死的那些人，上帝又咋办？用这样那样的办法烧成灰，或是扔进机器里碾成肉泥？那些大兵们，被炸得粉身碎骨怎么处理？还有，没有留下一点尸骨可烧、可埋的那些人，又怎么办？

要是我把他烧了，塔沃特说，那就不是无意了，而是存心的。

啊，我明白了，陌生人说，你不是担心他的最后审判日，而是担心自己的。

这是我的事，塔沃特说。

我不是要多管闲事，陌生人说。这对我毫无意义，这么空荡荡的地方，就剩下你孤身一人，而且永远都是你孤零零地待在这里，与你为伴的只有那个随意洒些阳光的小太阳。在我看来，不管在谁的眼里，你都是一文不值。

"可我赎罪了。"塔沃特嘟囔说。

抽烟吗？陌生人问。

我想抽就抽，不想抽就不抽，塔沃特说。需要，我就埋；不需要，就不埋。

过去看看他是不是从椅子上滑下来了，他朋友建议道。

塔沃特把铁锹往墓穴里一丢，回到房子前。他将前门打开一条缝，脸凑上去朝里看。舅舅微微瞪着眼，看着自己身体的一边，就像一位法官在专心研究什么可怕的证据。男孩立刻关上门，回到墓穴旁，尽管汗水直淌，衬衫都粘到了背上，可还是觉得冷。他又挖了起来。

对他来说，教书匠太聪明了，仅此而已，陌生人随后说。老头说在教书匠七岁时就绑架了他，这件事你还记忆犹新吧。他去城里，把教书匠从他家后院里骗出来，带到这里洗礼。结果呢？完全是白费力气。教书匠现在根本不在乎是不是接受过洗礼。对他来说，这无足轻重。他也无所谓是不是得到了救赎。他在这里总共才待了四天，而你则待了十四年，而且还要待上一辈子。

你知道老头一直很疯狂，他继续说，想把教书匠也变成先知，可教书匠太聪明了，老头搞不定，他跑了。

教书匠叫人来把他接走了，塔沃特说，是他爸来接的。可没人来接我。

教书匠就是来接你的，陌生人说，为此腿和耳朵都挨了枪子。

我那时还不到一岁，塔沃特说，还是个婴儿，自己怎么离开呀。

可你现在不是婴儿了，他朋友说。

塔沃特不停地挖，可墓穴似乎还是那么深。看着这个大先知，陌生人笑了，躲到斑斑点点的树影里观察他。我来听听看你预言什么。事实上，主没研究你，你连主的脑海都还没进呢。

塔沃特突然转到另一边挖，可身后依旧传来那声音。任何一个先知，都得要有人来听他的预言。除非你是给自己预言，他纠正说——或者去给那个智障儿洗礼，他补了一句，语气满是讥讽。

实际上，他稍停片刻又说，实际上你和教书匠一样聪明，即便不比他更聪明的话，因为他有人——他爸，还有他妈——来提醒他，那老头是疯子，而你却没有人提醒，是你自个儿看出来的。当然，你花的时间比较长，不过得出的结论是对的：你知道他是个疯子，即使最后这几年没关在疯人院，他也是如此。

或者说就算他真的没疯，跟疯了也没啥区别：脑子里装的就是一件事，一个念头，就是耶稣，整天耶稣这耶稣那的。十四年来，为了支持他的愚蠢行为，你难道不是对耶稣厌烦至极、恶心透顶吗？我主，我的救世主啊，陌生人叹息道，你要是没有，我反正是受够了。

他停了停又说。在我看来，他说，一个人不能同时选做两件事，只能选做一件，不能两个都选。没人能做两件事而不累趴下的。你可以选这一件，或是选那一件。

选耶稣或是魔鬼，男孩说。

不，不，不，陌生人说，根据我的经验，我完全可以告诉你，没有魔鬼这玩意。我肯定这是事实。不是选耶稣或魔鬼，而是选耶稣或者你。

选耶稣或者我，塔沃特重复道。他放下铁铲，一面歇息一面想：老头说教书匠是兴高采烈来的。他说他要做的，就是直接去教书匠家的后院，对正在里面玩耍的教书匠说，我们俩去乡下待一段时间——你得重获新生，这是我主耶稣基督派我来完成的使命。教书匠站起来，拉住他的手，一声不吭地就跟他走了。在这儿待的整整四天里，他说，教书匠一直希望他们不要来找他。

是呀，一个七岁的孩子怎么会想到那么多呢，陌生人说。他只是个孩子，你不能指望他有什么想法。一回到城里，他就明白了。他爸爸告诉他，老头是个疯子，他教的东西，一个字也别信。

他可不是这样讲的，塔沃特纠正说。他告诉我，教书匠七岁时是很聪明的,是后来变笨的。他爸爸是头蠢驴,不配抚养他,妈妈又是个妓女,十八岁就从这儿跑了。

她待那么多年才跑?陌生人满脸狐疑地问道。要是这样,那她也是一头蠢驴。

舅公说,妹妹是个妓女,他最不情愿承认,可又不得不实话实说,男孩说。

才不呢,你自己最清楚,宣称她是妓女,他别提有多高兴,陌生人说。他就喜欢说人家是蠢驴或妓女。先知就擅长这一套——宣称别人是蠢驴或妓女。那么,他狡黠地问,你知道什么是妓女吗?你碰到过她们吗?

我当然知道了,他说。

《圣经》里面全是。他知道妓女是干什么的,也知道她们可能会是什么下场,就像耶洗别[1]被狗发现时那样,一只胳膊在这里,一只脚在那里,舅公说,男孩自己的母亲和外婆,下场差不多也是这样。她俩,还有他舅公,都死于车祸,家里只剩下教书匠,还有塔沃特他自己。男孩的母亲(未婚、不知羞耻)在车祸中生下他后才死去。他的出生地是车祸现场。

出生在车祸中,男孩十分得意。他总觉得,自己的生活因此而与众不同,认为上帝给他的安排,个个都是非同寻常,虽

---

[1] 耶洗别,该名字在西方喻指无耻恶毒的女人,出自《圣经·旧约·列王记》。

然迄今为止丝毫未见这样的结果发生过。他经常到密林中行走,只要看到一些灌木丛和其他的稍分开一点,就会呼吸急促,随即停下来等着灌木丛被烧成火焰。然而,这种情况从未发生。

男孩这样降临人世,舅舅似乎从不关心有什么重要之处,只是关心他重生。他时常问男孩,要他想想上帝为什么要把他从一个妓女的子宫里救出来,让他看到青天白日,为什么上帝救了他一次,接着又救他第二次,让舅公给他施洗,享受基督之死;既然救了两次,为什么还要救他第三次,让舅公把他从教书匠家救出来,带到密林,让他有机会接受真理,长大成人。这是因为,舅舅解释说,上帝要把他培养成一名先知,尽管他是个混蛋,等舅公死后接替他的位置。老头将他俩的状况比喻成以利亚和以利沙[1]。

好吧,陌生人说,我猜你知道他们中有一个是干什么的,不过还有许多你是不知道的。你再想想,站在他们角度想一想,就像他说的,是以利沙接替以利亚。但我问你:上帝的声音在哪里?我怎么没听到。今天早上谁召唤你了?或者其他早晨有谁召唤?有没有告诉你干什么?今天早上天上打雷,你听到了吗?天空可是万里无云呀。依我看,你的问题,他总结

---

[1] 以利沙,以色列国的先知。是先知以利亚的学生。以利亚在升天后,他继承了以利亚先知的职位,见《圣经·旧约·列王记》。

道，在于你那点智商，无法让你相信他跟你说的每句话。

烈日当空，仿佛完全静止了，正屏住呼吸，等待正午过去。墓穴约莫两英尺深了。别忘了，要十英尺哟，陌生人说着便笑了。老头都是自私的，对他们你可别抱任何期望。对任何人都是如此，他补充道，发出一声叹息，就像沙子，突然被风扬起，又落下。

塔沃特抬起头，看见两个人影穿过农田走过来，是两个黑人，一男一女，每个人手上都拎着一个空醋罐子。那女的，高高的，很像印第安人，戴着一顶绿色太阳帽。来到篱笆前，她没有停下，而是弯腰钻过来，穿过院子，向墓穴走来。男的按下铁丝网，抬腿跨过篱笆，紧随其后。两个人眼睛盯着墓穴，在墓穴边停下来，低头看着下面新挖的地面，脸上露出震惊而又满意的神情。男的叫巴福德，满脸皱纹，肤色比他的帽子还要黑。"老头走了。"他说。

女的抬起头，发出缓缓、长长的恸哭声，凄凉而又庄重。她把罐子放到地上，交叉手臂伸向空中，又哀号起来。

"叫她别嚎了，"塔沃特说，"现在这儿是我说了算，我不要黑鬼哭丧。"

"我两个夜晚都看到他魂灵了，"她说，"一连两个晚上，看见他还没安宁呢。"

"他今天早上才死的，"塔沃特说，"你俩要是来装酒，就把罐子给我,我去装,你俩挖墓穴。"

"多年来他一直在预测自己什么时候去世,"巴福德说,"她好几个晚上梦见他,看见他不得安息。我很了解他,非常了解,真的。"

"可怜的心肝宝贝,"女人对塔沃特说,"现在这里什么人都没有,就你一个人怎么过呀?"

"不用你操心。"男孩说着,一把夺过她手中的罐子,拔腿就走,可动作太猛,差点摔倒。他昂首挺胸,穿过后面的田地,向空地周围的密林走去。

正值晌午,烈日炎炎,小鸟都钻进了密林深处。一只画眉藏在他前面不远处,不停地叫着四个音符,每叫完一次都会停下来静一静。塔沃特开始加快步伐,随即跑了起来,不一会儿,慢跑又变成了狂奔,犹如一只被猎人追逐的猎物,冲下一块块落满松针的斜坡,随后又抓住树枝,气喘吁吁地爬上滑溜溜的陡坡。他横冲直撞,穿过一排金银花,越过一个几乎干涸的沙质溪床,从一个高高的土堤上滑下去。这个土堤是一个小水湾的后壁,老头将多余的烈酒藏在里面,藏在土堤下的一个洞里,洞口盖着一块大石头。塔沃特使足全身力气挪动石头。陌生人站在他身后,气喘吁吁地说:他疯了!真是疯了!总之一句话,他是个疯子!

塔沃特挪开石头,拽出一个黑罐,拿着它,靠着土堤坐下来。疯子！陌生人嘘声说，瘫坐在一旁。

太阳出来了，火辣辣的，闪着白光，在藏酒地的树梢后面悄悄移动。

一个男人，都七十岁了，竟然还把一个婴儿带到这个密林里，要把他抚养成人！要是你四岁，而不是十四岁他就死了，你怎么办？你能把麦芽糊放进蒸馏器里，自己养活自己？我还从未听说过一个四岁的孩子会用蒸馏器。

我从没听说过，他继续说。对老头来讲，你什么都不是，只是长大后届时为他送终的人罢了。现在他死了，管不到你了，但你要把这个二百五十磅的大胖子埋到地下。要是看到你喝一滴酒，你别以为他不会气得像煤炉一样全身通红，他补充说。他不胜酒力，只要受不了上帝就喝酒，而且一喝就醉，哪管什么先知不先知。是呀，他或许会说，喝酒伤身。不过，他真正想说的是，要是你喝太多了，你就没法安葬他了。他说把你带到这儿，把你养大，是为了一个原则。这个原则就是：到安葬他的时候，你得健康无恙，这样可以给他竖立十字架，表明他葬在那儿。

一个拥有蒸馏器的先知！他是我听说过的唯一靠酿酒为生的先知。

过了一分钟，男孩对着黑罐深深地喝了一口，陌生人用更加柔和的语气说，好吧，喝一点不碍事，适当喝点酒，不会伤身。

一股火辣辣的感觉从塔沃特的嗓子眼里滑下去，像是魔鬼钻进体内，攫住了他的灵魂。他眯起眼睛，看到愤怒的阳光依然在树梢后面慢慢爬行。

别紧张，他朋友说。还记得你以前见过的那些黑鬼福音歌手吗？他们个个喝得醉醺醺的，围着那辆黑色福特汽车又唱又跳。老天，要不是喝了那些酒，就算得到了救赎，他们也不会那般兴奋。我要是你，我就不会关心自己救赎的事。有些人什么事都喜欢过于操心。

塔沃特喝得速度慢了一点。他以前只醉过一次，那次舅舅用板子抽他，说酒精会烧坏孩子的肠子。舅舅又在撒谎，他肠子不是好好的吗？

你自己应该清楚，他好心的朋友又提醒说，你这辈子老头是怎样骗你的。过去十年，你本该是一个时髦的城里人，可他强迫你离群索居，只能跟他一个人做伴，一直住在这块不毛之地中间的两层牲口棚里，自打七岁起就一直跟在骡子和犁耙后面犁田耙地。你怎么知道他教你的那些知识是不是真理呢？他教你的或许是一套无人使用的数字？你又如何知道二加二是等于四？而四加四又等于八呢？其他人也许并不这么认为。你怎么知道是否有亚当，或者耶稣一旦救赎了你，你的境况就会好转？或者说，你怎么知道上帝真的救了你？什么都没有，只有那老头讲的话,你现在应该清楚了,他是个疯子。至于审判日,陌生人说,其实天天都是审判日。

你年纪还小,这一点还悟不出来是吗?你现在做的和你已经做的每件事,是对是错,难道不是已经摆在你面前了吗?而且,通常太阳还没落山就摆出来了。有什么事你能躲避过去?什么也躲不了,你自己都觉得躲不过去。这酒嘛,你既然已经喝了那么多了,完全可以把它都喝光。一旦你喝过量了,再喝也就无所谓了。你从头到脚会有一种晕眩、飘然的感觉,他说,感到上帝之手在赐福于你。上帝给你自由了。老头就是横在你门前的一块石头,上帝已经把它滚走了。当然,挪得不是很远。接下来得要靠你自己去完成了,上帝已经搬完了大部分距离。快赞美上帝吧。

塔沃特觉得双腿没了知觉。他歪着头,张着嘴,打了一会儿盹,放在大腿上的罐子也翻了,酒顺着工装裤一侧慢慢地淌下去。最后,只剩下一滴挂在罐口,慢慢地成形、变大、滴下,无声无息,不急不慢,在阳光照耀下晶莹透亮。明亮、开阔的天空暗淡起来,云渐渐增多,阴影聚集,天空不再那么清澈。塔沃特向前猛地一顿,醒了,眼睛时而清晰时而模糊地盯着一件挂在眼前的东西,看上去就像是一块烧坏的破布。

巴福德说:"你不该这么做,不能这样对待老头。死者还没安葬,你怎么能休息呢。"他蹲在地上,一只手抓着塔沃特的手臂。"我走到门口,看见他坐在桌边,竟然还没平放到冰冷的木板上。应该把他放平躺着,你要是打算放一个通宵的话,还得要在他胸口上撒点盐。"

男孩眯起眼,想看清眼前的影像。突然,他看出来是两个又红又肿的小眼睛。

"应该把他安葬在一个合适的坟墓里,"巴福德说,"他一生虔诚,笃信耶稣之苦难。"

"黑鬼,"男孩吃力地说,舌头都大了,好像不是自己的似的,"把手拿开。"

巴福德抬起手。"他该安息了。"他说。

"等我把他弄好了,他就会安息了,"塔沃特含混不清地说,"一边去,别烦我。"

"没人想烦你。"巴福德说着,站了起来。他等了片刻,然后俯身打量这个四仰八叉、四肢无力的靠在河岸上的小家伙。只见男孩脑袋仰着,枕在泥岸上突出来的一个树根上,嘴张着,翻边帽盖在额头上,压出了一道印子,正好在似睁似闭、目光呆滞的眼睛上面。他颧骨突出,又细又长,恰似十字架的横条,颧骨下面都瘪进去了,显得十分苍老,皮囊下的头骨似乎与世界一样古老。"没人想烦你,"黑人嘟囔着,拨开金银花墙,头也不回就走了,"你会有麻烦的。"

塔沃特又闭上了眼睛。

一只夜莺在附近鸣叫,像是在抱怨,把他给吵醒了。声音不尖,断断续续的,显得很吃力,每次哀鸣自己的伤心事仿佛都要先回想一下似的。天黑了下来,云在空中飘荡翻滚,粉红色的月亮在云中起伏不定,时隐时现。这是因为,他突然觉得天空在下沉,疾速下沉,想把他给闷死。夜莺尖叫着,及时飞走了。塔沃特跟跟跄跄地走到河床中央,双手撑地,屈膝蹲了下来。河床沙子上只有寥寥几块水洼,月亮映照在里面,犹如白色的火光。塔沃特冲向金银花墙,又是撕、又是扯地穿过花墙,身上满是熟悉的金银花甜美花香,还有压下来的一种沉重感,究竟是哪种感觉,他说不清楚。他钻到花墙另一边站起身子,漆黑的地面慢慢地转了起来,又把他摔倒了。一道粉红色的闪电照亮密林,他看见黑乎乎的树影在周围纷纷拔地而起。那只夜莺在它歇息的灌木丛中又叫了起来,真烦人。

塔沃特站起来,抬起脚,顺着一棵棵树摸着向林中空地走去。树干摸上去又冷又干。远处传来雷声,还伴着一道道苍白的闪电,忽隐忽现,一会儿照亮密林这儿,一会儿又点亮密林那儿。他终于看到了自己的棚屋,看见它高高地矗立在空地中央,荒凉、漆黑,粉红色的月亮在房子上空颤抖着。他穿过沙地,后面拖着扁扁的身影,眼睛闪闪发亮,像是打开的光源。院中开挖的坟地那边,他连看都没转头看一眼,径直走到房子最后面的角落里停住脚,蹲下来看着满地凌乱的东西:鸡笼、木桶、破布、盒子等。他口袋里装着一小盒火柴。

他钻进房子,点起一堆堆小火,这里一堆,那里一堆,然后来到前门的走廊上,任凭火焰在身后贪婪地吞噬干燥的易燃物和屋里的地板。他穿过前院,越过满是犁沟的庄稼地,头也不回,一路跑到对面的树林边。然后,他转回头,看见粉色的月亮坠入屋顶,旋即爆炸。他拔腿就逃,身后火焰中有两只银色眼睛,鼓鼓的,惊恐万分,迫使他跑过树林。他听到大火像一辆飞奔的战车,在黑夜中一路碾压过来。

午夜时分,塔沃特来到公路旁,搭上一个推销员的车。这个人是个制造商代表,专门在东南部地区推销铜烟管。塔沃特一声不吭,推销员给他提了一个忠告。他自称,这些忠告是他给闯荡世界、立身世界任何一个小伙子所能给的最好的忠告。他俩在漆黑、笔直的公路上飞驰,看着黑暗中公路两旁一排排树,推销员说,经验告诉他,不能把铜烟管卖给你不爱的人。这家伙瘦削,长脸,像是遭受了巨大磨难,满脸的沮丧、绝望。他戴着一顶硬邦邦的灰色宽边帽,就是希望自己看上去像牛仔的商人们常戴的那种帽子。他说,百分之九十五的时间里,都是爱在发挥作用。他说,向男人推销管子,首先要问候他们的妻子健康,问问他们的孩子好不好。他说自己有个本子，上面记的全是客户家庭成员的名字，以及他们遇到的困难。如果一个人的太太得了癌症，他就在本子上记下那个太太的名字，并在后面注上"癌症"两字。每次去那个男人的五金店，他都会关心他太太的病情，直到她去世，然后划掉"癌症"字样，换上"去世"。"他们死了我都会感谢上帝，"他说，"又少了一个需要记住的人。"

"你不欠死者任何东西。"塔沃特大声地说，这是他上车后差不多第一次开口说话。

"他们也不欠你的，"陌生的推销员说，"世上的事就该这样，谁也不欠谁的。"

"你瞧，"塔沃特突然身子前倾，脸贴近挡风玻璃说，"我们方向错了，又开到我们来时的方向了。又看到大火了，就是我们离开的那场火！"

前方的天空出现淡淡的火光，持续不断，不是闪电发出来的。"那是我们前面离开的那场大火！"男孩惊呼。

"孩子，你真傻，"推销员说，"那是我们要去的城市呀，那亮光是城里的灯光。我猜你是第一次出门吧。"

"你开回头了，"男孩说，"就是那场大火。"

陌生人满脸皱纹。他猛地扭曲着脸说："我一辈子从未回过头，"他说，"而且也从未从任何大火处开过来。我住在莫比尔，知道在往哪儿开。你怎么了？"

塔沃特坐在车里,呆呆地看着前方的亮光。"我刚才睡着了,"他咕哝说,"刚醒。"

"你应该好好听听,"推销员说,"我跟你讲的这些,都是你该知道的。"

第二章

塔沃特要是真的信任他这个新朋友——铜烟管推销员米克斯的话，就该接受他的建议，把他直接带到他舅舅家门口放下他。米克斯打开车灯，要他爬到后座上找电话本。他拿着电话本爬回到前座上，米克斯告诉他怎样在本子里找到舅舅的名字。塔沃特拿出一张米克斯的名片，在背面抄下地址和电话号码。名片正面是米克斯的电话号码。他对塔沃特说，要是想贷点款，找他帮个忙什么的，随时可以打这个电话联系他。这半小时交流下来，米克斯确信无疑，这孩子脑子有毛病，而且很无知，很适合做童工苦力。他正需要这样一个既无知又有力气的童工做帮手呢。然而，塔沃特没有接他的话茬。"我得去找舅舅，他是我唯一的亲人。"他说。

看孩子这模样，米克斯就知道他准是从家逃出来的，逃离了妈妈，大概还有一个醉鬼爸爸，说不准还有四五个兄弟姐妹，逃离了位于公路旁一块光秃秃的空地上只有两间陋室的那个家；知道他逃离家园，是要闯荡大世界，而且从他身上散发的气味看，他一定是灌了不少酒壮了胆。米克斯压根儿也不信他有个舅舅住在这么体面的地方。他想，这孩子一定是随手指到了雷伯这个名字，然后瞎编说："就是他，学校老师，我舅舅。"

"那我直接把你送到他家门口，"米克斯狡黠地说，"我们穿城时经过那儿，我们刚好要从那儿过。"

"不用了。"塔沃特回答，坐在位子上俯身向前，看着窗外堆满废旧汽车的小山丘。在模模糊糊的黑暗中，它们像是淹没在大地里，半截身子都已沉入了土里。城市悬在他们前面的山腰上，大半个城仿佛都是堆积如山的垃圾，只是埋得还不太深。大火已经褪去，好像融入了无法拆卸的部件中。

塔沃特打算等天亮后再去教书匠家。他准备一到就说清楚，他去不是为了让人观察，也不是给学校杂志做研究的。他开始努力回忆教书匠的面孔，见面前要把它印刻在脑子里。他发现，对这个新舅舅多回忆一分，新舅舅占据的优势就少一分。他脑海里很难拼起那张脸，虽然他还记得他长着斜下巴，戴着黑边眼镜，但眼镜后面的那双眼睛，他也描绘不出来了。他记不清了，而舅公的描述又是支离破碎，前后矛盾。老头一会儿说他外甥的眼珠子是黑色的，一会儿又说是褐色的。塔沃特一直在努力想象那双与嘴巴匹配的眼睛，与下巴相配的鼻子。可是，他每次觉得拼凑出了那张脸时，脸又四分五裂了，他只好在脑子里重新拼凑。教书匠的脸就像魔鬼似的，想要什么样就是什么样。

米克斯正在向他灌输工作的价值。他说，根据自己的经验，你要想成功，就得工作。他说，这是生活的法则，别无选择，因为它已经刻在人们的心中，就像对邻居的爱一样。他说，这两个法则共同作用，推动世界向前运转，任何人想要成功，想获得幸福，知道这两条就够了。

男孩脑子里开始清晰地浮现出教书匠眼睛的模样，没在听他的忠告。他看到，那是双深灰色的眼睛，满是学问，而且那些学问在不停地闪烁，犹如水塘里的树影在摇曳。水面之下，说不定有条蛇在深处出没。他已经养成一种习惯，能捕捉舅公描述教书匠外貌时种种矛盾之处。

"我忘了他眼睛的颜色，"老头不耐烦地说，"只要知道他的长相，颜色有啥关系呢？我了解那长相后藏有啥。"

"藏有啥？"

"啥也没有，他空空如也。"

"他知识可多了，"男孩说，"我猜他是无所不知。"

"他不清楚有什么是他无法知道的，"老头说，"这正是他的麻烦所在。他觉得，自己要是有什么搞不懂，比他聪明的人会告诉他的，他同样会弄明白。你要是去那儿，他第一件事就是要测试你的大脑，告诉你你在想什么，为什么这样想，应该想啥。于是，你就不再属于自己了，你属于他了。"

塔沃特可不想让这种事发生。他对教书匠了如指掌，一定会提防他的。有两段完整的历史他很了解，一段是始于亚当的世界史，另一段是这个教书匠史，开始于他的母亲，也就是老塔沃特唯一的亲妹妹。他母亲十八岁时就从波德海德逃出去，当了妓女——对这件事老头一点儿也不避讳，即便是孩子也不隐瞒——直到遇见一个名叫雷伯的人想找个女人做老婆。这段历史，老头每周至少要讲一次，从头一直讲到尾。

老头妹妹和这个雷伯给这个世界带来了两个孩子，一个是教书匠，另一个是个姑娘，也就是塔沃特的妈妈。老头说，塔沃特妈妈学亲生母亲的样子，十八岁时也当了妓女。

提起塔沃特的出生，老头有很多话可说，因为教书匠跟他讲，是他本人亲自为妹妹找的这第一个（也是最后一个）情人，他想这会有助于提高她的**自信心**。老头常模仿教书匠的声音这样说，那语调使得男孩觉得很可能比实际情况还要蠢。老头暴跳如雷，用尽世上斥责之词也骂不完这种愚蠢行为。他最终只好听之任之。那个情人遭遇车祸后开枪自杀，这倒帮了教书匠的忙，因为他想自个儿抚养他们的孩子。

老头说，那个魔鬼打一开始就扮演这么重要的角色，所以他活在世上就一直关注那孩子，处处紧盯不放就不足为怪了，以便他帮着降临人世的这个灵魂在地狱里永远伺候他。"你就是那种孩子，"老头说，"魔鬼总喜欢巴结你，给你抽支烟、喝口酒或是搭个车什么的，对你嘘寒问暖。和陌生人打交道，你最好小心一点，别跟人家讲自己的事情。"上帝关注他的成长，目的就是要阻止这个魔鬼阴谋得逞。

"你准备以后干哪行呀？"米克斯问。

男孩好像没听见。

教书匠把妹妹成功地送上了邪恶之路，而老塔沃特却千方百计地规劝自己的妹妹要改过自新，可她根本不听。她逃离波德海德后，他想方设法一直同她保持联系；即便是结了婚，一讲到拯救自己，她依然是一个字也听不进去。老头先后两次被她丈夫从她家赶出去——每次都是警察帮的忙，因为她丈夫毫无缚鸡之力——可是上帝老是敦促他回去，即使是面临坐牢的风险。要是进不了她家，他就站在外面喊，这样她就会放他进去，否则便会引起邻居们的注意，左邻右舍小孩也会凑过来听他嚷嚷，她只好放他进屋。

老人常说，和他这样的父亲待在一起，教书匠不会好到哪里去，这一点毫不奇怪。那家伙是推销保险的，头上歪戴着一顶草帽，嘴上叼着一根雪茄。你要是提醒他灵魂有危险，他却向你兜售意外险。他说，他也是先知，一个保险先知。他指出，每一个头脑清楚的基督徒都该知道，保护家人、为家人提供保障，以防不测，这是一个基督徒的责任。这样劝他没用，老人说，因为他脑袋瓜子像眼珠一样滑溜，这些道理一点也渗不进去，就像雨水渗不进锡皮罐一样。这个教书匠，身上流着塔沃特家族的血，至少该稀释掉一些他爹的那个德性。"他经脉里淌着高贵血统，"老头说，"高贵血统的人都了解上帝，这样的血统他无力拒绝，翻遍世界也找不到法子摆脱。"

米克斯突然用肘碰了一下男孩。他说，一个人要是需要向长者学啥东西，人家给他提出好建议，他得好好听才是。他说，他自己就是经验学校毕业的，获得 H.L.L. 学位。他问男孩知不知道这个学位，塔沃特摇摇头。米克斯解释说，H.L.L. 学位就是血的生活教训学位，这个学位最容易拿，记得也最牢。

男孩转头看着窗外。

一天，老头妹妹骗了他。他习惯星期三下午去她家，因为这天下午她丈夫要出去打高尔夫球，只有她一个人在家。那个星期三她没开门。他知道她在家，因为他听见里面有脚步声。他几次捶门警告她，可她还是不开。于是，他开始大喊大叫，叫得她和所有人都能听见。

老头跟塔沃特说这事的时候，会像在他妹妹家门前一样，在林间空地上跳起来大喊大叫，发出预言。面对男孩这唯一听众，他时常挥舞手臂吼道："你就一直无视我主耶稣吧！吐出生命之饼、食生命之蜜生病去吧。要受苦役，逃也逃不掉！要遭血灾，躲也躲不开！要陷淫欲，拔也拔不出！快呀，快点，赶快飞吧，越飞越快。时间不多了，你们赶紧拼命地转吧！我主正在派遣一个先知。我主正在派遣一个手中执火、眼放火光的先知，这个先知带着警告，正朝这座城市而来。他是带着上帝的口信来的。'去警告上帝之子们，'我主说，'上帝很快就会伸张正义。'谁能逃过？上帝施舍仁慈时，谁躲得过？"

老头冲着四周万籁俱寂的树林没完没了地嚷着。每当他这样发疯时，塔沃特就会抄起短枪，举到眼前，顺着枪管瞄准。可他舅舅有时候会越嚷越疯狂，他便抬起头，露出警觉而又不安的神情。尽管他好像心不在焉的样子，但老头的话还是一字一句地钻进了他的耳朵里，随即又无声无息地隐藏到他的血液里，这会儿正悄悄地朝着自己某个目标潜行。

他舅舅会不停地发布预言，直到累得筋疲力尽，随即"砰"的一声倒在凹陷的台阶上。有时，他要过五到十分钟才能继续讲述妹妹如何背叛他。

一讲到故事这部分内容，老头立刻会气喘吁吁，犹如在吃力地爬山。他满脸涨得通红，声音细若游丝，有时干脆一点声音也发不出，就在台阶上坐着，一边用拳头捶着走廊地板，一边嚅动着嘴唇，却不曾发出一点声音。最后，他会大声尖叫："他们抓住了我，两个人，从后面，门后面，是两个人。"

他妹妹叫来两个男人和一个医生躲在门后偷听，还备好了文件，一旦医生觉得他疯了，就把他送进疯人院。等明白过来时，他就像一头瞎了眼的疯牛，在屋里大吵大闹，把所有东西砸得稀巴烂。那两个男人和医生，外加上两位邻居，合力才把他摁到地上。医生说，他不仅疯了，而且还很危险。于是，他们给他穿上约束衣，将他关进了疯人院。

"以西结在坑里只困了四十天，"他常说，"而我却被关了整整四年。"说到这儿，他会停下来警示塔沃特说，我主耶稣的仆人们遭遇的可能比这更糟。塔沃特清楚，他讲的一点儿没错。但不管他们现在得到的多么微不足道，他舅舅指出，最终必将受益匪浅，获得我主耶稣本人的垂爱，得到生命之饼！

塔沃特眼前时常会浮现一幕可怕的景象，看到自己永远和舅公一起坐在绿色河岸上，盯着一条撕碎的鱼和一块越变越多的饼，吃得太撑，直觉恶心。

他舅舅在疯人院关了四年，因为他用了四年时间才弄明白，自己要想出去，唯一的办法就是停止在病房里发布预言。他足足花了四年时间才意识到这一点，男孩觉得，要是换了他，立刻就明白了。不过，老头在疯人院里至少学会了谨言慎行。出院后，他会把在里面学到的东西全部用到自己的事业上。他会像一个经验十足的骗子，继续从事上帝的事业。他已经不管妹妹了，打算帮帮她的孩子。他计划把孩子绑架过来，一直养着，养到为他洗礼，向他传授赎罪知识。他周密计划，直至最后一个细节，并完美实施。

这段内容，塔沃特最喜欢听，因为他尽管不大情愿，但不得不佩服舅舅的妙招。老头说服巴福德·芒森让女儿过来找个活，给他妹妹烧饭。姑娘一进屋，他就能弄清自己需要知道的事了。他得知，这时候已有两个孩子，而不是一个。他还获悉，他妹妹整天穿着睡衣坐在家里，对着一个药瓶子喝威士忌。卢爱拉·芒森忙着洗衣做饭、照料孩子，他妹妹则躺在床上，一边抱着瓶子啜饮，一边看书。她每天夜晚都到杂货店里买些书回来。不过，舅公不费吹灰之力就成功地绑架了孩子，主要是得到了教书匠本人的全力相助。那时候，他还是个瘦弱的孩子，消瘦、苍白的脸上架着一副金边眼镜，总是耷拉在鼻梁上。

老头说，他俩打一开始就非常投缘。他去绑架的时候，他妹妹的丈夫出差去了，而她抱着瓶子关在房间里，压根儿不知道白天还是黑夜。老头要做的，只是径直走进屋告诉卢爱拉·芒森，他要带外甥到乡下和他住几天，然后走到后院跟教书匠打了一声招呼。教书匠正忙着挖洞，用碎玻璃排成一排。

他和教书匠乘火车一直乘到枢纽站，然后步行来到波德海德。老头对他解释说，带他出来旅行不是为了游山玩水，而是受我主派遣，来确保他重获新生，告诫他要自我赎罪。对教书匠来说，这些都是全新的知识，因为他父母什么也没教过他，老塔沃特说，只教过他不要尿床。

在四天时间里，老头不仅教他必要的知识，还给他洗礼。他让教书匠明白，他真正的父亲是上帝，不是城里的那个傻瓜，而且他得信奉耶稣，过一段隐居生活，直到有一天他能够领着全家人一起忏悔。他让教书匠明白，在最后审判日，他必将在我主耶稣的荣耀中升起，这是他的命运。这是平生第一次有人这般苦口婆心地告诉他这些事实，教书匠怎么听也听不够。由于他以前从未见过树林，也没乘过船，捉过鱼，走过泥泞的土路，这一次他们把这些全都做了。舅舅说，他甚至还让他犁田耙地。四天下来，教书匠面黄肌瘦的小脸变得光彩照人。听到这儿，塔沃特开始没兴趣了。

教书匠在空地待了四天，因为三天了他妈妈都没想起他。当卢爱拉·芒森提起他的去处，她只好再等一天，等他爸爸回来，才叫他去找。她自己不肯来，老头说，因为她害怕到了波德海德上帝会冲她发火，那样她就再也回不到城里了。她给教书匠爸爸拍了份电报。那傻瓜来到空地，教书匠发现不得不跟他回去时，万念俱灰，眼睛顿时失去了光芒。教书匠走了，但老头坚持认为，从脸上的表情可以看出，这孩子已经脱胎换骨了。

"他要是没说不想走，你怎么能肯定他真不想走呢？"塔沃特争辩道。

"那他干吗又想法子要回来？"老头反问，"你说呀。为什么一周后他又离家出走，想一路找回来，弄得照片都登了报，最后还是州巡警在树林里找到他？我在问你呀，要是你什么都知道，那你告诉我呀。"

"因为这儿不像那里那么糟糕，"塔沃特回答，"不那么糟糕，并不是说就是好，只是稍好而已。"

"他想回来，"舅舅一字一句地加重语气说，"是想多听一些他圣父上帝的故事，多听一些为了救赎他而献身的耶稣基督的事迹，多听一些我给他讲的真理。"

"接着编吧，"塔沃特气冲冲地说，"全部编完得了。"故事总要编完才算了事。这就像一条路，塔沃特走了无数遍，一半时间里连方向都不用看，心里便清楚走到哪儿了。发现老头不再往下编，他有些吃惊。有时候，舅舅讲到一处会犹豫起来，像是不想面对后面要发生的事情似的。最后讲下去的时候，他总是三言两语地绕过去。每次遇到这种情况，塔沃特总是缠着他追问细节。"他十四岁来时断言说这些都是骗人的，还跟你说了一大通屁话，快跟我讲讲嘛。"

"哼，"老头说，"他那时糊里糊涂的，我想这不能怪他。他们对他说我是个疯子，可我告诉你，事实上他也从未信过他们。他们不让他相信我，我呢，也不让他相信他们。他从不采用他们那一套，虽说自己的更糟。发生那场车祸，他摆脱了他们三个,别提有多高兴。后来,他动起脑筋,想收养你,说是要给你提供一切,一切好的条件。"老头嗤之以鼻。"你得要感谢我把你从那些好的条件中救了出来。"

男孩挪开视线,看向远方,仿佛在茫然地凝视着那些看不见的好条件。

"他在车祸里摆脱了他们三个后,这儿是他来的第一个地方。他们车祸遇难当天,他就来到这儿对我说:直接来这儿了,没错,先生,"老头一脸满足的神情,"直接来这儿了。他有好多年没见我了,但还是来了这里,来找我,我是他想要见的人。是我!他从未忘记我,我已经在他脑子里扎根了。"

"他十四岁来时断言说这些都是骗人的,还跟你说了一大通屁话,这部分内容你怎么又跳过去了。"塔沃特提醒说。

"那些屁话都是从他们那儿学来的,"老头说"只是鹦鹉学舌,学着他们说我是疯子之类的屁话。即使他们告诉他不要相信我教他的那些东西,可他一点也没忘,这可是事实呀。有一点他绝对不会忘记:那蠢货有可能不是他唯一的父亲。我在他心里已经播下了种子,永远扎根在那儿,不管别人开不开心。

"种子落在了田间草丛里,"塔沃特说,"讲讲那些屁话吧。"

"落得很深,"老头说,"要不然车祸后他就不会跑来找我了。"

"他只是想来瞧瞧你是不是还是个疯子。"男孩猜测。

"会有那么一天,"舅公慢吞吞地说,"你体内张开一个坑,你就会知道以前一些不清楚的东西了。"说着,他用先知般的眼神,死死地盯着男孩。男孩扭过头,眉头直皱。

舅公去教书匠家住了。一到那儿,他就当着教书匠的面,给塔沃特洗礼。教书匠对此还开了一句亵神的玩笑。可这件事老头从未直截了当地讲出来,总要倒叙回去,说他当初为什么要住到教书匠家里。他说了三条理由:第一,他说,他知道教书匠需要他,在教书匠的生命里,他是唯一先后两次对他人生产生过影响的人;第二,他外甥是安葬他的合适人选,想跟外甥说清楚如何安葬;第三,老头想看看塔沃特是不是施过洗礼了。

"这些我都知道了,"男孩说,"说说别的。"

"他们三个死了以后,他成了房子的主人。他把屋里的东西清空了,"老塔沃特说,"将所有家具都搬走了,只留下一张餐桌、一两把椅子、一两张床,以及他为你买的摇篮。把照片和窗帘全摘了,地毯全掀了,甚至还将他妈妈、妹妹以及那个蠢货的衣服全烧了,不愿屋里留下他们一丝痕迹。全毁了,只留下他收藏的书和报纸,到处都是报纸,"老头说,"每间房都像鸟窝似的。我是车祸几天后去的。看见我站在面前,他喜出望外,眼放光芒,十分开心。'啊,'他说,'屋子我全打扫布置好了。'剩下的其他七个魂灵，现在全变成一个了！"老头拍着膝盖，兴奋地回忆说。

"我觉得这听上去不像是……"

"是的，他是没这么说，"他舅舅说，"可我不是白痴。"

"要是他没说，你凭什么这么肯定呢？"

"凭我能肯定，我就能这么肯定。"说着，他挥起一只手，冲着塔沃特的面孔张开五根又短又粗的手指头。"就像这些手指，是我的而不是你的一样。"这话听上去不容置辩，每次都是男孩打住，不再肆意追问下去。

"那往下讲吧，"他会说，"这么磨磨蹭蹭的，什么时候才能讲到他亵渎神灵那部分呀。"

"他看见我很高兴，"舅舅说，"他打开门，身后的屋子里，满地纸屑。看到我站在那儿，他乐不可支，满脸喜悦。"

"他说什么？"塔沃特问。

"他看看我的背包，"老头回答，"然后说：'舅舅，你不能和我住一起。我非常清楚你要什么，可我要用自己的办法来抚养这孩子。'"

每一次听到教书匠这席话，塔沃特的心里总会涌起一股激动的暖流，感官上总有一种满足感。"你可能觉得他好像很高兴见到你，可我并不这么看。"

"那时他才二十四岁，"老头说，"还没学会掩饰脸上的表情，我依然可以看出那个跟我走的七岁男孩的神情，不同的只是他现在戴了一副黑边眼镜，而且鼻子长高了，能够撑起镜框而已。他眼睛变小了，因为脸大了，不过脸还是老样子。透过他的眼镜，你可以看出他真正想要说什么。我把你偷到这儿，他跑来要把你弄回去。那时候的他，已经练就出一成不变的表情，跟监狱外观似的，阴森森的，我现在跟你说这件事的时候倒还没有。当时还不会掩饰表情，所以我能看出来他需要我，要不然他干吗要跑到波德海德来告诉我他们都死了？我问你为什么呀？他完全可以不管我呀。"

男孩没接话。

"总而言之，"老头说，"他的言行全都表明，他当时正需要我，因为他收留了我。他看着我的背包，我说：'我得靠你养了。'他回答：'对不起，舅舅，你不能和我住一起，把另一个孩子的人生也给毁了。'这孩子得在现实世界中长大成人，长成一个确切了解可以为自己做点什么的人。他得做自己的救世主，得享有自由！'"老头扭过头，啐了一口。"自由？"他说，"他满嘴都是这些话，可我当时就说了，是我的一席话改变了他的想法。"

听到这，男孩叹了口气。老头觉得这是他的一大妙招。他说："我不是过来和你过日子的，我是来等死的！"

"你该看一看他的脸，"他说，"他就像是被人从后面猛地推了一把似的。那三人死了,他毫不关心,可一想到我要死了,他才像是第一回真的失去了亲人。他站在那儿瞪着我。"有一次,只有这么一次,老头俯下身子跟塔沃特说话,话语间掩饰不住隐秘的喜悦。"他爱我像爱父亲一样,他为此还深感羞愧呢!"

男孩面无表情。"是呀,"他说,"你向他撒了一个弥天大谎,其实你根本不想死。"

"我都六十九岁了,"舅舅说,"说不准第二天就没了,或许不会。谁能知道自己何时咽气呢。我也掌握不了自己的寿命。那不是撒谎,只是推测而已。我跟他讲,是这样讲的:'我或许会活两个月,没准就两天。'寿衣我都买好穿上了,就等着入土呢——全是新的。"

"不就是你眼下穿的这身吗?"男孩指着磨破的膝盖处,愤然质问,"不就是你此时此刻套在身上的这套吗?"

"我或许会活两个月,没准就两天,我这样跟他讲。"舅舅说。

没准还会活一二十年呢,塔沃特心想。

"哎呀,他吃了一惊。"老头说。

没准他还真是这样,男孩想,但他一点也不难过。教书匠只是说:"那我得料理你的后事是吗,舅舅?好吧,那就我来吧,乐意效劳。我会好好料理的,一劳永逸。"可老头总是说,他是嘴上一套，行动和表情又是一套。

他舅公到外甥家不到十分钟就忙着给塔沃特施洗。他俩走进房间，塔沃特睡在摇篮里。这是老头第一次看见这个小孩，只见熟睡的婴儿干瘪枯槁、面色灰暗、骨瘦如柴。这时，上帝传来声音对他说：**这是要继承你使命的先知，为他施礼吧**。

就是他？老头问，就是这个干瘪枯槁、面色灰暗……他正愁外甥在边上怎样施洗时，上帝又派来报童敲门，支开教书匠去开门。

几分钟后教书匠回来时，舅舅正一只手抱着塔沃特，另一只手举着放在摇篮旁桌子上的奶瓶，把水浇到孩子的头上。他把奶嘴扯下来放进兜里。教书匠回到门口时他刚好说完施洗词。他抬头看到外甥的脸，忍不住笑了。那张脸活像是给人踢了似的，老头说。开始时说不上是生气，只是不悦而已。

老塔沃特说："他重生啦，你想挡也挡不住了。"随即，他看到外甥满脸怒气，但竭力掩饰着，没有发出来。

"舅舅，时间飞逝，你却一点没变嘛，"外甥说。"听了这话我一点儿也不生气，只觉得好笑而已。"他笑了，笑得短促而响亮，犹如犬吠。但老头说他脸上红一阵、白一阵的。"幸好你现在这么做，"他说，"要是你在我只有七天，而不是七岁时拐走我，那你或许还不会毁掉我的人生。"

"即便毁了，"老头说，"那也不是我毁的。"

"喂，就是你。"外甥涨红着脸，边说边穿过房间。"你这个睁眼瞎，你对我干的那些事怎么都看不出来？一个孩子哪有能力保护自己。小孩子轻信，很容易受伤。你把我从真实世界中拐出来，把我与世隔绝，弄得我什么都不懂。你把自己那些白痴的希望，愚蠢的暴力全传染给我，弄得我时常不是我自个儿，不是……"他没有接着说下去。老头知道的事，他不愿承认。"我没做什么，"他说，"你把事情弄得一团糟，我已经理清了头绪，完全是靠意志力理清的。我把自己给理清楚了。"

"你瞧，"老头说，"他亲口承认那种子还在他体内。"

老塔沃特把婴儿放回摇篮，可外甥又把他抱了起来，老头说，他当时脸上还挂着僵硬的怪笑。"洗礼是好事，再洗一下岂不更好。"说着，他把塔沃特翻个身，将瓶子里剩下的水全部倒在孩子屁股上，又说了一遍洗礼词。目睹这一亵渎行为，老塔沃特站在那儿，惊呆了。"这下好了，孩子两头都有耶稣庇护了。"外甥宣布说。

老头咆哮道："亵渎丝毫改变不了我主的计划！"

"我主也改变不了我的安排。"外甥一边将孩子放回摇篮，一边平静地说。

"那我做了什么？"塔沃特问。

"你什么也没做。"老头回答，不管他做没做，好像都无关紧要。

"先知是我呀。"男孩闷闷不乐地说。

"你根本不知道当时发生了什么。"舅舅说。

"不,我知道,"男孩坚称,"当时我正躺在那儿思考呢。"

舅舅像是没听见,只顾往下说。他想了想,要是和教书匠一起生活,或许他能借机说服教书匠重新相信小时候拐走他时他信的那一切。他一直揣着这个希望,直到教书匠把自己在杂志上发表的那篇研究他的文章拿给他看。老头这时终于明白,教书匠已不可救药,他无计可施了。教书匠妈妈他没能搞定,在教书匠身上他又失了手,现在只有想法子拯救塔沃特了,不能让一个傻瓜来抚养这孩子。这一回,他可没有再失手。

孩子觉得,教书匠要是再使一把力气,是有可能把他弄回去的。他跑来,腿上、耳朵上都挨了枪子。要是用用脑子,他不仅不会吃枪子,还能把孩子带走。"他为什么不带警察过来接我呢?"他这样问过。

"你想知道原因?"舅舅问,"那好,让我来告诉你,清清楚楚地告诉你。原因就是,他发现你是一个大麻烦。抚养你,他只是心里想想而已,可你总不能在心里给小孩换尿布吧。"

男孩心想:可要是教书匠没写那篇关于老头的文章,我们三个人或许现在都生活在城里呢。

老头在教书匠杂志上看到那篇文章时,一开始还没看出来教书匠写的是谁,也不知道这种快要绝迹的人是什么样的人。

他坐下来,读着外甥在杂志上发表的文章,倍感骄傲。教书匠心不在焉地把文章递给舅舅,说他或许想瞅一眼。老头立刻在厨房餐桌边坐下来,读了起来。他回忆说,教书匠在厨房门口不停地走来走去,想看看老头有何反应。

读到一半时,老塔沃特开始觉得,文中的这个人他以前认识,至少梦见过,因为这个形象异常熟悉。"执念获得上帝召唤,根源在于缺乏安全感。他需要召唤,以获信心,于是自己召唤起自己。"他读道。教书匠不停地穿过门口,一会儿过来,一会儿过去,最后索性跑进来,一声不响地坐到小巧的白色金属餐桌对面。老头抬起头,他报之一笑。这是淡淡的一笑,很淡很淡,用在任何场合都适合。这一笑使得老头突然明白文中的这个人是谁了。

足足有一分钟,老头无法动弹。他感觉手脚像是被捆在了教书匠的脑袋里,那里空空荡荡,同疯人院里的病房毫无二致。他在不断地萎缩,干枯,好让自己能塞进去。他眼珠子转来转去,好似又被约束衣束了起来。约拿[1]、以西结、但以理,他感觉自己此刻就是他们——被吞入鱼肚,被扔进坑里,被困在狮子笼中。

外甥依旧挂着笑容,手伸过餐桌,放到老头的手腕上,表

---

[1] 《圣经》中的人物,因拒绝服从上帝旨意,遭到惩罚,被吞入鱼肚,详见《约拿书》。

现出同情的样子。"你得重生,舅舅,"他说,"你得自己努力,回到现实世界中来吧,哪有什么救世主呀,只有你自己。"

老头舌头僵直,硬如石头,内里却心潮澎湃。他体内先知的血液在沸腾,似潮水一般,奔涌不息,渴望激情迸发,尽管脸上依旧是一副震惊、呆板的神情。外甥拍了拍老头紧握的大拳头,面带胜利的微笑,起身离开了厨房。

第二天早上,外甥去摇篮边给孩子送奶瓶,发现摇篮里空空如也,只有那本蓝色杂志,封底还有老头潦草写下的一行字:**我要把这孩子培养成先知,今后把你两眼烧得干干净净。**

"采取行动的是我,"老头说,"不是他,他从不见行动,只会把东西塞进脑袋里盘来算去,结果一无所获。可我呢,说动就动。正因为我行动了,你才会认识真理,才能坐享我主耶稣基督的自由,自由自在地坐在这里,像个富翁似的坐在这里。"

塔沃特烦躁不安,瘦弱的肩胛骨扭来扭去,像是要把背上十字架般沉重的真理给扭下来。"为了把我弄回去,他跑过来,还挨了枪子。"他执拗地说。

"他要是真想把你弄回去,他完全可以办到,"老头说,"他可以领着警察过来抓我,也可以把我再关进疯人院。他可以找到的办法多着呢。可实际上呢?他去找了那个慈善会女人。她劝他不如自个儿生一个,把你打发走。他呢,一劝就听。那个呀,"说到这,老头又会念叨起教书匠的孩子,"那个——我主送给他一个他无力腐化的孩子。"接着,他会抓住塔沃特的肩膀,紧紧地攥着。"要是我没给他施洗,那就得由你来施洗了,"他说,"孩子,这是命令。"

听到这话,男孩不胜其烦。"我只接受我主的命令,"他粗暴地说,竭力想掰开肩上的手指,"不是你的。"

"我主会给你下达命令的。"说着,老头将他肩膀攥得更紧了。

"他得给那孩子换尿布呀,他不是换了嘛。"塔沃特嘟囔说。

"他是叫慈善会女人替他换的,"舅舅纠正说,"她总得做点事吧。可她现在已经不在那儿了,不信你可以打赌。伯妮丝·毕晓普!"听他语气,这似乎是英语中最蠢的名字。"伯妮丝·毕晓普!"

塔沃特非常清楚,教书匠背叛了他,他想等天亮了再去他家,这样教书匠的前前后后,他都能看个清楚。"等天亮了我再去那儿,"他突然对米克斯说,"即使到了那儿,你也不必停下来,我不想下去。"

米克斯悠闲地倚靠着车门,一半心思在开车,一半在和塔沃特聊天。"孩子,"他说,"我不是要像牧师一样对你说教,也没想教导你别撒谎,更不打算告诉你任何不可能的事情。我只想对你说，尽量别撒谎，否则等你不得不撒谎时，就没人会信你了。你不必对我扯谎，你都干了些什么，我十分清楚。"一道亮光刺入车窗，米克斯侧过头，看到身边这张惨白的脸，正用炭黑色眼珠瞪着他。

"你怎么知道？"男孩问。

米克斯开心地笑了。"因为我自己有一次也这样干过。"他答道。

塔沃特抓住推销员外套袖子，猛地一拽。"到审判日那天，"他说，"你我都要站起来，坦白自己干过！"

米克斯眉毛一扬，又瞧了他一眼，扬的角度正好和他戴的帽子是一个角度。"是吗？"他问道，接着又说："你准备干哪一行，孩子？"

"什么哪一行？"

"就是你打算干什么？干什么工作？"

"除了机器，我什么都会，"塔沃特坐回椅背说，"舅公什么都教我，我得先搞清楚哪些是真的。"他俩驶入破烂不堪的城郊，到处是倾斜的木房子挤在一起，偶尔可见一丝昏暗的灯光，照着一块褪了色的药品广告牌。

"你舅公是干哪一行的？"米克斯问。

"他是个先知。"男孩回答。

"是吗？"米克斯直耸肩，双肩似乎都要耸到脑门子上了。

"他给谁预言?"

"给我,"塔沃特答道,"别人都不肯听他的,我呢,也没什么人可听。他把我从另一个舅舅,那可是我现在唯一的血亲,从他那儿抓过来让我躲开末日。"

"你成了被俘的听众,"米克斯说,"所以你现在就跑来城里,来和我们一起奔向末日,对吧?"

男孩没有立即回答,而是停了片刻,然后谨慎地说:"我没说要去干啥。"

"你舅公跟你讲的那些东西,你吃不准是吧?"米克斯问道,"你担心他讲的东西,或许有些是错的。"

塔沃特转过脸,看着窗外那些造型简陋的房子。他双臂紧紧抱着身子,似乎很冷。"我会弄清楚的。"他说。

"是吗,那现在怎么弄清楚呢?"米克斯问。

在两人左右,漆黑的城市渐渐展开。他们正驶向远处一圈低矮的灯光。"我的意思是等一下,看看会发生什么。"过了片刻他说。

"要是什么都没发生呢?"米克斯问他。

光圈变得很大。他们转到中间停了下来。这是一个水泥造的咧嘴口子,前面装着两根红色煤气泵,后面是一间不大的玻璃办公室。"我是说要是什么都没发生呢?"米克斯又重复了一遍。

男孩极为不悦地看了他一眼，想起了舅公死后的那种沉寂。

"嗯?"米克斯问。

"那我就想法子让它发生!"他说，"我会采取行动的。"

"那好呀。"说着，米克斯打开车门，将一条腿伸出车外，仍在打量着他的搭车人。不一会儿，他说："稍等一下，我要给女朋友打个电话。"

玻璃办公室外墙上靠着一把椅子，一个男人坐在上面睡觉。米克斯没有叫醒他，直接走了进去。一开始，塔沃特只是伸长脖子，探出车窗。后来，他索性下车，走到办公室门口，看着米克斯摆弄那台机器。机器小小的，黑色，放在一张杂乱无章的办公桌中间。米克斯坐到桌上，就像是自己家一样。办公室里堆放着一排汽车轮胎，满屋子的水泥和橡胶味。米克斯把机器分成两半，一半贴着脑袋，一半用手指在上面划着圈。接着，他坐下来等，还荡着脚，喇叭在耳朵里嗡嗡作响。一分钟后，他嘴角浮现出酸溜溜的笑容。他深吸一口气，说："喂，宝贝，你好吗?"塔沃特站在门口，都能真真切切地听到一个女人的声音，就像从坟墓下传过来似的。她说："嘿，宝贝，真的是你吗?"米克斯说就是的，还是老样子，并约她十分钟后见。

塔沃特满脸敬畏地站在门口。米克斯把电话放到一起，然后狡黠地说："你为什么不给舅舅打个电话?"他打量孩子的脸色变化,发现两只眼疑惑地扭到一边,干瘪的嘴角耷拉着。

"我很快就要和他说话了。"他嘟囔着,双眼还在出神地盯着那台带着圆盘的黑色机器。"你是怎么用的?"他问。

"你像我那样,拨号,打给你舅舅。"米克斯敦促说。

"不了,那个女的还在等你呢。"塔沃特说。

"让她等去吧,"米克斯说,"她最拿手的就是这个。"

男孩走近电话,掏出他记着号码的卡片。他手指放到拨号盘上,小心翼翼地拨起号来。

"伟大的上帝啊!"米克斯感叹,从挂钩上拿起听筒,塞到男孩手里,然后将他的手按到他耳边。他替男孩拨了号,接着把他推进办公椅里坐着等。塔沃特却又站起来,微欠着身子,把"嘟"、"嘟"响的听筒贴在耳边,心在胸膛里又是蹦又是踹。

"怎么不说话呀。"他嘀咕道。

"稍等他一下,"米克斯说,"也许他不喜欢深更半夜爬起来。"

蜂鸣声又响了一分钟,然后突然停了。塔沃特站在那儿,一声不响,只是将话筒紧紧地贴在耳边,表情僵硬,仿佛害怕上帝要通过这机器对他说话似的。突然,他听到耳朵里传来类似深沉的呼吸声。

"问对方,"米克斯催促说,"你不问,怎么能找到你想找的人呢?"

男孩依然一声不响。

"跟你说了要问对方!"米克斯恼火了,"你脑子没问题吧?"

"我要跟舅舅说话。"塔沃特低声说。

电话里沉寂无声,可这沉寂似乎不是空荡荡的,而是吸气后屏住的那种。塔沃特猛然意识到,机器那头是教书匠家的孩子。一个头发雪白、面孔呆滞的形象旋即浮现在眼前。他声音颤抖地发怒说:"我要跟舅舅说话,不是跟你!"

深沉的呼吸声又响了,像是回答。是一种类似冒水泡的噪音,就跟人在水里拼命呼吸一样,不过一会儿就没了。机器的听筒从塔沃特的手里滑了下来。他一脸茫然地呆立在那儿,像是收到了一种无法破译的启示。他目瞪口呆,感觉内心遭到了一记重击。这一击只是先前没有意识到而已。

米克斯捡起话筒,听了听,没声音。他放回挂钩上,说:"别磨蹭了,我没时间了。"塔沃特呆若木鸡,米克斯推了他一把,两人离开办公室,又驶进了城里。米克斯告诉他,不管看到什么机器都要学着用。他说,人类最伟大的发明就是轮子。他问塔沃特想没想过轮子发明前是个什么样情景。可男孩没有应答,甚至好像都没在听。他身体微倾,嘴唇不停地嚅动,像是在无声地自言自语。

"哎,真是糟糕。"米克斯明知在这种体面的地方,男孩根本就没有什么舅舅，可还是这样酸溜溜地说。为了证明这一点，他拐到据说是他舅舅住的那条街。他沿着那些方方正正的小楼缓缓地向前开，一直开到那个门牌号前。门牌号刻在草地边一块小木牌上，亮着荧光，清晰可见。他停下来，说："好了，小鬼，就是这儿。"

"就是哪儿？"塔沃特含混地问。

"就是你舅舅家呀。"米克斯说。

男孩双手抓着车窗边，凝视着不远处好像只是一个黑影子的东西，蜷缩在更深的黑暗中。"我不是对你说了嘛，等天亮了再去那儿。"他气呼呼地说，"继续往前开。"

"你现在就给我去！"米克斯说，"我不想和你缠在一起，也不能带你去我要去的地方。"

"我不想在这里下车。"男孩说。

米克斯伸出手，越过他身子打开车门。"再见，孩子，"他说，"下周真要是饿的话，用那张名片联系我，没准我俩还能做笔交易呢。"

男孩脸色苍白，气愤不已地瞪了他一眼，然后冲下车子，踏上只有几步路的水泥通道，走到门前台阶上，一屁股坐下来，消失在黑暗中。米克斯拉上车门。他耷拉着脸，观察了一会儿，只见男孩坐在台阶上，身影模糊，若隐若现。随后，他倒出车，开走了。这孩子下场不会好的，他自言自语。

第三章

塔沃特坐在门前台阶一角,黑暗中怒视着汽车从街区消失。他没有仰望天空,不过心里很清楚天上有星星,因而很是不悦,因为它们就像是他脑壳上的洞眼,遥远的光亮,一动不动,正通过洞眼注视着他,犹如自己孤零零地置身在一只硕大无言的眼睛下。他有一种强烈的欲望,想马上让教书匠知道自己来了,告诉他自己都干了些什么,为什么那么干,要他给自己道喜。同时,他对教书匠又始终不信任。他竭力在脑海里回忆教书匠的面孔,可费尽心机,只能浮现出老头绑架的那个七岁男童的脸来。他大胆地瞪着这张脸,努力坚强起来,以应对这场见面。

然后,他站起来,面对门上沉甸甸的铜制门环。他碰了一下,金属冰冰凉,手像是被灼了一下,猛地缩了回来。他迅速扭回头,看到街对面的房子黑乎乎的,犹如一堵参差不齐的墙。死一般的寂静,仿佛唾手可及,似乎是在等待什么,很有耐心地等待着，等时机一到，就会出现，并要求命名。他又转回身，抓起冰冷的门环，击碎寂静，仿佛寂静是自己的仇人似的。他满脑子都是这个击打声。除了自己的击打声，什么声音他都听不到。

他挥手拍门，越拍越响，又抡起另一只拳头捶门，他觉得整栋房子都被捶得摇摇晃晃。空旷的大街上回荡着捶击声。他停了停，喘口气，又接着捶，同时飞起沉重的劳动鞋那厚重的鞋头，对着门猛踹。无事发生。最后，他停了下来。寂静不依不饶，依然缠着他，对他的愤怒视而不见。他心里充满了莫名的恐惧，觉得整个身子空荡荡的，好像哈巴谷[1]似的，被拎起头发，在夜空中敏捷地飞翔，降落在他要履行使命的地方。他突然产生一种不祥之兆，感觉要陷入老头为他设置的陷阱里。他侧过身，打算溜。

突然，大门两侧的玻璃面板亮起了灯，只听里面"喀啦"一声，门把手转了起来。塔沃特情不自禁地猛然举起手，似是握着一支无形的枪指着前面。他舅舅打开门，看见是他，不由自主地向后一退。那个七岁男孩的模样，在塔沃特的脑海里再也不见了。舅舅这张脸他太熟悉了，就好像这辈子天天都看到它似的。他站稳身子，大声嚷道："我舅公死了，已经烧了，

---

[1] 哈巴谷（Habakkuk），希伯来先知，像约伯一样，探讨受苦受难，详见《圣经·旧约·哈巴谷书》。

就跟你会亲手烧掉他一样!"

教书匠一动不动,像是在想,只要瞪得时间够长,幻觉就会消失。他被房子的震动声震醒了,睡意蒙眬地跑到门口来,那神情活脱脱地就是一个一觉醒来看到噩梦成真的梦游者。过了一会儿,他嘀咕说:"这儿等着,我听不见。"说着,他转过身,急忙跑出门厅。他光着脚,穿着睡衣。几乎是同时,他就回来了,将一个东西塞进自己的耳朵。他已经戴上黑边眼镜,将一只金属盒塞进睡衣的腰带里。盒子上有根线,连着耳朵里的耳塞。男孩瞬间觉得大脑像是通了电似的。他抓住塔沃特的胳膊,拽进门厅,站到天花板上挂着的灯笼状的吊灯下。男孩发现,一双眼睛在打量自己。这双眼宛如深插在两个玻璃洞里的一对小钻头。他抽回胳膊,觉得自己的隐私受到了威胁。

"舅公死了,烧了,"他又说了一遍,"只有我一个人在那儿处理,都处理好了,我是替你干的。"他说最后这句话时,脸上明显露出一种轻蔑之情。

"死了?"教书匠说,"我舅舅? 老头死了?"他茫然、疑惑地问道。他猛地抓住塔沃特的双臂,紧紧地盯着他的脸。受到惊吓的男孩,在教书匠眼睛深处看到一股伤心欲绝的神色,清晰可见,痛苦不堪,不过一掠而过,瞬间即逝。教书匠紧绷的嘴唇开始露出一抹笑容。"他走的时候是什么样子? 手举拳头?"他问道,"上帝有没有驾着火轮来接他?"

"他事先一点兆头都没有，"突然间，塔沃特上气不接下气，"当时他正在吃早饭。我没有把他从桌边挪开，就在他坐的地方，放把火把他和房子一起烧了。"

教书匠一声不吭，可男孩从他表情看得出，他对此将信将疑，怀疑面对的是个趣味十足的撒谎者。

"你可以自个儿去那儿瞧瞧，"塔沃特说，"他块头太大，没法埋，我用最便捷的方法处理了。"

这时，舅舅的眼神在思考一个不解的问题。"你是怎么来的？你怎么知道应该到这里来？"他问道。

男孩耗尽全身力气通报了情况。突然，他头脑一片空白，目瞪口呆，傻乎乎地一句话也说不出来。他从未觉得这么累，感到自己马上就要栽倒了。

教书匠一边等，一边不耐烦地打量着男孩的面孔。接着，他的表情又变了。他使出更大力气抓住塔沃特的胳膊，转脸怒视着仍旧洞开的大门。"他在外面是吗？"他声音不大，但一脸怒气，"他是在耍鬼把戏是不是？他在外面等着，派你到这儿来缠住我，然后从窗子溜进来给毕晓普施洗，对吧？这一次又故技重演，是不是？"

男孩脸色煞白。他似乎看见老头，一个黑影，站在屋子的角落里，一面克制着急促的喘气，一面焦急地等他给那个智障儿洗礼。他吃惊地注视着教书匠的面孔。他的新舅舅耳朵里有一个V字形伤口。看到它,他感觉老塔沃特就在眼前,甚至都可以听到他的笑声。塔沃特非常清楚,教书匠只是一个诱饵,老头投下它,是要引诱他到城里来完成他未竟的使命。

塔沃特稚嫩的面孔开始露出凶巴巴的神情,双眼直冒怒火。一股新的力量在身上油然而生。"他死啦,"他说,"彻底翘辫子了,都烧成灰了,连个十字架也没有。他要是有什么剩下,秃鹰肯定都不去碰,骨头嘛,会被狗叼走。他真的彻底死了。"

教书匠畏缩了,可随即又笑了。他紧紧攥着塔沃特的胳膊,盯着他的面孔,像是开始找到了答案。这个答案完美无缺,恰如其分,他兴奋不已。"真是绝妙的讽刺,"他喃喃地说,"这件事你竟然那样处理,实在是绝妙的讽刺。他这是咎由自取。"

男孩充满了自豪感。"我做了该做的。"他说。

"什么东西经他一碰就乱套了,"教书匠说,"他活了那么久,可一点用也没有,对你尤为不公平。他总算死了,真是谢天谢地。你本该应有尽有,可实际上一无所有。现在这一切都可以变变了。你现在要和能帮助你、能理解你的人在一起。"他眼中闪烁着愉快的神情。"现在还不晚,我还来得及把你培养成才!"

男孩的脸沉下来,表情僵硬,直到变成一堵要塞围墙,掩饰自己的思想。但这些变化教书匠丝毫没有注意到。他凝视着眼前这个微不足道的小孩，脑海里浮现出自己精心培养的那个男孩形象。

"你和我一道把失去的时间补回来，"他说，"我们现在就开始，让你走上正确的道路。"

塔沃特没有看他。突然，他脖子向前一伸，越过教书匠的肩膀，盯着前方。他隐隐约约听到一声沉重的喘气，这么熟悉，就在耳边，比自己的心跳声还近。他睁大眼睛，打开心灵之窗，准备目睹某种必将出现的景象。

那个白发小孩跟跟跄跄地出现在大厅后面，站在那儿，伸头打量着陌生人。他身穿蓝色睡裤，吊得高高的，裤带都系到了胸口，为了不让裤子掉下来，又像缰绳一样在脖子上绕了一圈。额头下，一双眼睛有点凹陷，颧骨低得出奇。他站在那儿，身影模糊，形象苍老，小小年纪，却像几百岁似的。

塔沃特紧握双拳，恰似一个死刑犯，呆立在那儿等待行刑。启示随之而至，悄无声息，不容置辩，如子弹般直击目标。他没有看到任何猛兽的眼睛，也没有见到什么燃烧的灌木。他只知道，绝望中清楚地知道，他要给他看到的那个孩子洗礼，走上舅公为他准备好的人生道路。他明白自己应召要成为一名先知，而且很清楚自己的预言方式不会高人一等。他的黑色瞳孔呆滞、平静，映照出自己的形象：深受磨难，走向远方,在耶稣血腥、恶臭的疯狂影子里艰难跋涉,直到最后获得奖赏——一条撕碎的鱼和一块越变越多的饼。我主用泥土造了他,给了他血液、神经、思想,让他会流血、哭泣、思考,将他置于一个迷失和火焰的世界,就是为了给这个我主本来就不必造出来的白痴孩子施洗,像舅公那样愚蠢地高喊福音。他想大喊:"不!"可就像在做梦一样,怎么也喊不出,喊声融入沉寂之中,消失了。

舅舅一只手放到他肩膀上,轻轻地摇了摇,想把他从心不在焉的状态中摇醒。"听着,孩子,"他说,"摆脱老头的控制,犹如从黑暗走进了光明。现在,你平生第一次有了机会,有机会成为一个有用之人,有机会发挥你的才能,有机会做你自己而不是老头想做的事情——谁知道他想做的都是些什么蠢事呢?"

男孩睁大眼睛盯着他身后。教书匠转过头,看看他到底在盯什么,也不搭理他。他自己的表情也愣住了。那个小家伙正咧着嘴爬过来。

"毕晓普而已,"教书匠说,"他脑子不大好,别管他。他总喜欢盯着人看,不过很友好。不管看什么,他都是那模样。"他的手紧紧地抓着塔沃特的肩膀,痛苦地咧着嘴。"我为他做的一切——如果有什么用的话——我都会为你去做的,"他说,"你来这里我为什么这么开心,现在你可明白了吧?"

教书匠说的塔沃特一句也没听见,脖子上青筋暴起,就跟电缆线似的。智障儿离他不到五英尺，歪着嘴在笑，而且每分每秒都在不断靠近。突然，塔沃特发现智障儿认出了自己，知道老头自己从天上指派他，让上帝驱使的这位仆人来到这里，确保智障儿重获新生。智障儿伸手碰了碰塔沃特。

"滚开！"塔沃特一声尖叫，手臂如鞭子一般，"嗖"的一声甩出去，打开智障儿的手。智障儿失声吼叫，声音大得吓人。他爬到爸爸的大腿上，拽着教书匠的睡衣，使劲往上爬，差不多要爬到他的肩上了。

"好了，好了，"教书匠说，"没事，没事，别叫了。好了，他不是有意要打你。"他把孩子放到后背上，想让他滑下来，可小家伙趴着不肯下，头伸进爸爸的脖子后，两眼一直盯着塔沃特。

恍惚间，塔沃特看到教书匠和他儿子融为了一体。教书匠满脸通红，痛苦不堪，好像这孩子是他身体某个畸形部位的变体似的，不经意间给暴露了。

"你会习惯他的。"他说。

"不会的！"塔沃特吼道。

这吼声像是一直等在那儿要拼命吼出来似的。"我不会习惯的！我不要和他扯上任何关系！"他紧握拳头，举到空中。"我不想和他有任何瓜葛！"他吼叫着，叫得清清楚楚，态度坚定，充满挑衅，就像是当着沉默对手的面发出挑战一样。

第二部分

第四章

　　塔沃特来了四天后，教书匠的热情就消退了，而且毫不讳言。其实，这热情第一天就退了，随之而起的是决心。他虽然知道决心并非什么强大的工具，但觉得这一次用它再适合不过了。他只用半天时间就发现，塔沃特被老头给毁了，要把他重新引入正道则是一个巨大工程。第一天是热情给了他力量，可从此以后，决心把他折磨得力倦神疲。

　　才晚上八点，教书匠就把毕晓普放到床上睡觉，告诉塔沃特可以进自己房间看看书。他给他买了些书，还有其他东西，不过都没能引起塔沃特的注意。塔沃特走进房间，关上门，没说是不是想看书。雷伯也躺到床上准备入睡，可疲惫不堪，难以入眠，只好两眼盯着窗前篱笆透过来的夜晚灯光渐渐暗淡下去。他助听器也没摘，这样塔沃特要是想跑，他就能听到，可以去追他。最后两天，他看上去是一副想离开的样子。不只是离开一下，而是一去不回，趁夜色悄无声息地溜走，没人追他。第四天夜里,教书匠躺在床上,神情苦涩,心里在想,现在和开始有啥不一样吗?

第一天夜里,塔沃特连衣服也没脱就睡了,教书匠在他床边一直坐到天亮。他坐在那儿,两眼放光,宛若一个人坐在一堆不敢确信的金银财宝前似的。看着塔沃特瘦弱的身子四仰八叉地躺在那儿,他打量了一遍又一遍。孩子看上去累坏了,昏睡不醒,怀疑他可能都不会动了。他打量孩子的脸部轮廓,突然一阵惊喜,发现外甥长得跟他一模一样,看起来就像是他的儿子。沉甸甸的劳动鞋、破烂的工装裤、又脏又丑的帽子,看得他心痛不已,怜惜不止。他想起了可怜的妹妹。她平生唯一真正的快乐时光,就是与和她一起生了这个孩子的情人在一起的日子。那个小伙子双颊瘦削,从乡下来学习神学,但雷伯(当时还是个研究生)一眼就看出来,小伙子非常聪明,学这个有点可惜了。他和小伙子交了朋友,不仅帮助他发现了自我,随后还发现了她。雷伯有意安排他俩见面,随后惊喜地发现,这个安排促成了一桩姻缘,而且因为这一姻缘,两人都得到了很好的发展。要是没有那场车祸,他肯定那小伙子完全会过上稳定的生活。车祸后,小伙子开枪自杀,成为病态负罪感的牺牲品。当时,他来到雷伯的公寓,拿着枪站在雷伯面前。他又看到那张冷冰冰的长脸,红赤赤的,脸皮像是被一团火烧掉似的,两只眼睛似乎也被烧了。他觉得这不完全是人的眼睛，里面全是悔恨，没有一丝尊严。小伙子看着他，像是盯了一个世纪，实际上大概只有一秒钟而已。随后，他一声未吭，扭头就走，一踏进自己房间就自杀了。

雷伯半夜里第一次打开塔沃特的房门时，看见他面色惨白，因某种难以自制的饥饿和骄傲，面孔扭曲变形。他一时僵住了，像是噩梦中一面镜子竖在眼前。他面前的这张脸是他自己的，可眼睛不是，是那个学生的。眼睛燃烧着负罪之感。他急忙离开房间，去拿眼镜和助听器。

第一天晚上坐在床边时，他发现这孩子性格倔强、桀骜不驯，即便熟睡了也显现无遗。他睡着了，可还是龇牙咧嘴，手里攥着帽子，就像握着武器一样。雷伯良心很是自责，这些年来，他任凭孩子听天由命，没回去救他。他嗓子发紧，眼睛发痛。他发誓现在要补偿孩子，就像对自己的孩子一样，要什么给什么，如果这孩子知道好歹的话。

第二天早晨，塔沃特还在睡的时候，教书匠就冲出去给他买了一套体面的西装、一件花格子衬衫、一双袜子、一顶红色皮帽。他想让孩子醒来就有新衣服，穿上新衣服，开始新生活。

四天过去了，这些衣服还躺在房间椅子上的盒子里，碰也没碰。塔沃特看着衣服，感觉要是穿上它们，就等于是要他赤身裸体一样。

他的言行全都清楚地表明是谁把他养大的。老头为孩子精心培养了鲜明的独立性。每次看到这一点，雷伯都怒火中烧，几乎无法自制。这种独立性不是什么建设性的，而是荒谬、野蛮、无知。雷伯买好衣服跑回来，走到床边，用手抚摸还在熟睡中的孩子的额头。他发觉男孩在发烧，不应该起床。他准备好早餐，用托盘端进房间。他端着盘子，带着毕晓普出现在门口时，塔沃特正从床上坐起来，拍了拍帽子戴到头上。雷伯说："你不想把帽子挂起来，再待一会儿吗？"说着，他热情地冲男孩一笑，以示欢迎，以表善意，觉得以前可能从未有人这样对他笑过。

男孩没有一丝感激，甚至连一点兴趣也没有。他把头上帽子拽得更低，目光转向毕晓普，当认出来是他时，男孩随即露出一种别样的神情。毕晓普戴着黑色牛仔帽，怀抱垃圾篓，嘴张着看着他，篓子里还放着一块石头。雷伯想起来了，是毕晓普昨天晚上给男孩造成了不安。雷伯用另一只空手把毕晓普推到身后，不让他进来。随后，他走进房间，关上门，反手锁上。塔沃特看着紧闭的房门，神情阴郁，仿佛还能透过门，看见那孩子依然抓着垃圾篓不放。

雷伯把盘子放到塔沃特腿上，随即后退几步，专注地看着他。男孩似乎全然不知他在房间里。"这是你的早饭。"舅舅对他说，就好像他认不出来似的。早饭是一碗干麦面和一杯牛奶。"我想你今天最好就躺着吧，"他说，"你精神看上去不是太好。"他拉过来一张直背椅子坐下来。"现在我们俩可以好好聊一聊了，"他笑容满面地说，"我俩该互相了解了解。"

男孩没有露出一丝同意或快乐的神情。他扫了一眼早餐，没有拿调羹，而是环顾起房间。四壁刷着醒目的粉红色，这颜色是雷伯老婆选的。雷伯现在把它用作储藏室，四周角落里摆着一些大行李箱，上面又摞着板条箱。壁炉架上面放着一些药瓶、坏灯泡、旧火柴盒，还有她的一张照片。男孩的注意力停在照片上，嘴角微微动了一下，像是认出了什么有趣的东西。"是那个慈善会女人。"他说。

舅舅脸红了。他发现，男孩那话音，完全就是老塔沃特那副腔调。他猝不及防，怒气油然而生。老头可能突然闯进他俩中间。老家伙总能在他俩中间插上一杠子，那种无名而又熟悉的满腔怒火，在他心里不由得又愤然升起。实际上，他反应过度了。因此，他想方设法，迫使自己控制住火气。"这是我妻子，"他说，"可她不再和我们住一起了。你现在待的是她以前的房间。"

男孩拿起调羹。"我舅公说她活不长。"说着，他飞快地吃了起来，似乎是说了这句话，他就完全独立了，可以坐享别人的食物。他的表情清晰地表明，他感觉早饭不好吃。

雷伯坐在那儿，打量着他，提醒自己要冷静，不要发火。

他想，这孩子当时别无选择，这一点要谨记在心。"天晓得那个老蠢货都跟你说了什么，都教了些啥！"他突然情绪激动起来，"只有天晓得！"

男孩停下吃饭，目光锐利地看着他。过了片刻，他说："他对我没任何影响。"说完，他又开始吃饭。

"他对你太不公平了。"雷伯说。这句话他恨不得天天跟他讲，让他铭记在心。"他不让你过上正常的生活，不给你提供良好的教育，将你的脑子灌满了天晓得是什么乱七八糟的东西。"

塔沃特继续吃着。不一会儿，他抬起头，装出一副冷漠的神情，盯着舅舅耳朵上那道深深的伤口，眼底一亮。"他打中你了，是吧？"他说。

雷伯从衬衫口袋里掏出一盒烟，点着一支，动作异常缓慢，目的是设法稳住自己的情绪。他将一口烟直接吹到男孩脸上，随后靠到椅背上，狠狠地、久久地瞪着他，嘴角叼着的烟直发抖。"没错，他开枪打中我了。"他说。

男孩两眼闪亮，目光顺着助听器线，一直转到挂在皮带上的金属盒上。"你接电线干吗？"他慢吞吞地问，"你脑袋会亮灯？"

雷伯的下巴猛地一抽，随即又放松下来。过了一会儿，他僵硬地伸了伸手臂，把烟灰弹到地板上，然后回答说他的脑袋不会亮灯。"这是助听器,"他耐心地解释,"中了老头的枪以后,我的听力就渐渐不行了。去接你时我没带枪。我当时要是待着不走,说不准他会把我给打死,那样的话我就帮不了你了。"

男孩还在研究助听器。舅舅的脸似乎只是助听器的一个附件。"你活着也没给我带来任何好处呀。"他评述说。

"你明白吗?"雷伯坚持说,"我当时没带枪呀,他是个疯子,很可能会打死我。从现在起我会好好待你,我想帮你,要为这些年好好补偿你。"

男孩的视线从助听器上挪开片刻,直视舅舅的眼睛。"你就不能找把枪,立马再回去?"他责问道。

这话音里明显有一种遭人背叛的语气,听得雷伯哑口无言。他无助地看着他,男孩又吃了起来。

雷伯终于开口了。"听我说,"他抓住男孩拿着调羹的手,"我要你明白,他是个疯子。他要是把我杀了,你现在就没这个地方好投靠了。我不是傻瓜,那种无谓的牺牲,我才不信呢。人要是死了,还怎么给你带来好处呢,这个道理你不懂吗?现在的我可以为你做点什么了,能够把我们失去的时间全部补回来。他为你做的那一切,我能帮你全部改过来,帮助你自己来改变。"男孩不时地想抽回手,可他一直攥着不放。"这是我们俩要一道解决的问题。"说着说着,他在眼前的这张脸上清晰地看到了自己，如同在对着自己的映象苦苦哀求。

塔沃特猛地一拉，终于抽回了手。紧接着，他久久地打量起教书匠，从他下巴的轮廓，两边嘴角的两道皱纹，前突的额头，一直扫视到椭圆形的发际线。对舅舅眼镜后面的那双痛苦的眼睛，他只是一瞥而过，似乎觉得里面可能没啥东西，不想费神搜索。目光捕捉到一个金属盒子从雷伯衬衫里凸出来，不觉眼睛一亮。"你思考问题是用这盒子，"他问，"还是用你的脑子？"

舅舅真想把助听器从耳朵里扯出来，砸到墙上去。"都是因为你我才听不见的！"他说，"因为我曾想帮你！"

"可你从未帮过呀。"

"我现在能帮助你。"他说。

片刻过后他又瘫坐在椅子上。"或许你是对的。"说着，他双手耷拉下来，一副无助的样子。"是我不对。我应该回去，要么杀了他，要么让他杀了。可实际上我却让你身上的什么东西被扼杀了。"

男孩放下牛奶杯。"我没有什么被扼杀。"他言辞凿凿地说，随即又补充道："你不必担心，我帮你都搞定了，他后事全料理好了，是我把他处理掉的。当时我喝得烂醉，可还是把他料理好了。"他说这话的神情，犹如在回忆自己一生中最辉煌的时刻。

雷伯听到自己的心跳声，戴着助听器，好似胸腔里装了一台巨型机器，心跳声放大了数倍，震耳欲聋。看着男孩充满挑衅的稚嫩面孔，瞧着那双对某种暴力记忆依旧震惊不已怒目圆睁的眼睛，雷伯瞬间看到了自己十四岁时的模样，一路摸到波德海德，冲着老头又是吼，又是骂。

雷伯突然意识到，现在不能问孩子，等他说完了再问。他看得出，男孩还没摆脱火烧舅公一事的影响，依然毫无必要地在深深自责不该把舅公烧了，应该入土安葬。他还看出来，塔沃特正在悲壮而绝望地进行抗争，想竭力摆脱老头冥冥中的掌控。他凑近身体，用平日里少有的款款深情对男孩说："听着，弗兰基，你听着，"他说，"你再也不是孤身一人了，你有了一个朋友，不仅是一个朋友，"他哽咽地说，"你有了一个爸爸。"

男孩面色苍白，感到一种无言的羞辱，眼睛变得更黑。"我可没要什么爸爸。"他说，这句话就像鞭子一样抽在舅舅的脸上。"我不要爸爸，"他又强调了一遍，"我是婊子养的，是车祸里生出来的，"他突然甩出这句话，像是宣告自己高贵的出生似的，"而且我的名字也不叫什么弗兰基，我叫塔沃特，并且……"

"你妈妈不是婊子，"教书匠愤怒地说，"这只是他教你的混账话。她是个善良、健康的美国姑娘，正准备寻找自我价值，却命遭不幸。她……"

"我不想住在这儿。"说着,男孩环顾四周,像是要掀掉早餐托盘,跳到窗外。"我来这里只是找些东西,找到了,这就走。"

"你来找什么?"教书匠心平气和地问,"我可以帮你。我想做的就是全力帮助你。"

"我不需要你帮。"男孩挪开视线回答。

舅舅觉得有件东西把全身勒得紧紧的,就像是套了件无形的约束衣。"不让帮忙,你怎么能找到呢?"

"我可以等!"他说,"等等看会发生什么。"

"要是,"舅舅问,"要是什么都没发生呢?"

孩子的脸上露出一个怪笑,好似某种怪异、错乱的痛苦神情。"我会想法让它发生的,"他说,"我以前就是这样干的。"

四天过去了,什么也没发生,什么也没人为的发生。他们三个人一起只是将全城走了个遍。整个夜晚雷伯在梦里又沿着路线倒走了一遍。要是没带毕晓普,他就不会累得筋疲力尽。智障儿拽着他的手一路拖着,不管走到哪儿,总是忍不住要回头张望。差不多每到一个街区,他都要蹲下来,不是捡棍子,就是拾垃圾,雷伯只好把他拽起来,拖着向前走。塔沃特总是隔着一点距离走在前面,像是寻着什么气味,一路向前。四天里,他们又是看画展、看电影、逛商店、逛超市、乘电梯,又是参观自来水厂、邮局、铁路货场、市政大厅等。雷伯介绍城市如何运转，详细讲解一个好公民该有哪些责任。他一路走，一路讲，可是从男孩脸上流露的兴趣看，这家伙就跟聋子似的。他一言不发，看什么东西都是模棱两可的神情，似乎觉得，没有任何东西值得自己留意，除了必须不断前行，不停地寻找视野之外的什么东西。

他在一个橱窗前停过一次，里面有一辆红色小轿车在转盘上缓缓地转着。雷伯立刻抓住他这个兴趣，说到十六岁时没准他自己也会有一辆汽车。他跟老头似的回答说，两条腿走走多好，分文不花，又不招眼。即便是老头和自己住在一起那会儿，雷伯也没这么强烈地感受到老头的存在。

有一次，塔沃特在一幢高楼前突然停下脚步，露出备受蹂躏的异样神情，抬头瞪着大楼，仿佛认识似的。雷伯不解地问道："你看上去像是来过这里。"

"我在这儿丢过帽子。"他咕哝着。

"帽子不是在你头上嘛。"雷伯说。一看到这个帽子，他就恼火，祈求老天爷想个法子从他头上扯下来。

"那是我第一顶帽子，"男孩说，"掉了。"说完，他拔腿就跑，跑得远远的，就好像站在那儿受不了似的。

此外，他还有一次露出过别样的兴趣。那是在一个脏兮兮、像车库一样的大建筑前，正面有两扇黄蓝色窗子。他停下来，身体后仰站在那儿，小心翼翼地保持着平衡，仿佛马上要摔倒一样。雷伯认出来了,那是一个五旬节[1]宗教场所。门上挂着一条纸质横幅,写着"**唯有重生,才得永世**"。后面贴着一张海报,画面上一个男人、一个女人和一个孩子手牵着手。"来听卡莫迪一家讲解基督吧!"上面写道,"来尽情分享这家人的音乐、故事、魔术吧!"

这种地方对塔沃特具有一种邪恶的诱惑力。雷伯非常清楚,这孩子是很难抵御的。"很感兴趣是吧?"他冷冰冰地问道,"是不是让你想起了什么特别的东西?"

塔沃特面色苍白。"狗屎。"他低声说。

雷伯笑了,哈哈大笑起来。"这种人一生中只有一样东西,"他说,"就是信仰,相信自己会重生。"

塔沃特站稳身子,两眼仍旧盯着横幅,不过在他眼中仿佛已经缩成了远处的一个小点。

"他们不会重生?"他问道,疑问中不乏喜悦。雷伯心中大喜,意识到这可是男孩第一次想听他的观点。

"不会,"他干脆地答道,"他们不会重生。"他语气坚定,不容置辩。这么脏的房子,同被他打翻在地的野兽尸体没什么两样。他伸手试探性地搭到男孩的肩上,孩子勉强没有拒绝。

雷伯的热情一下子又高昂起来,声音颤抖地说:"这就是

---

1 五旬节,亦称圣灵降临节,定在复活节后第五十天,是教会用来庆祝圣灵被赐给使徒们,使得教会在早期迅速成长的一个节日。

我为什么要你多多学习的原因。我要送你上学，让你成为一个有知识的人，这样你今后就可以在世上立足了。今年秋季等你上学了……"

塔沃特猛地抽回肩膀，气冲冲地瞪了他一眼，随后远远地跑到人行道边上。

他把孤独当披风，将自己裹得严严实实，仿佛这衣服是上帝选中他的标志一样。雷伯打算做做笔记，将那些最重要的发现全部记下来。可到了晚上他总是累得精疲力竭，什么事也干不了。每天晚上他都是不知不觉地睡觉了，可又睡得不踏实，总担心一觉醒来发现男孩跑了。他觉得，对男孩进行测试，会促使他更想离开。他准备对他进行一些标准的测试，测测看他的智商和能力，随后再用自己业已完善的一套方法，测试他的情感因素。他觉得，这样一来就可以找到影响男孩情感的根源了。他把一张简单的能力测试题放在餐桌上——一本印好的书和几支新削的铅笔。"这是一种游戏，"他说，"坐下来，看看你能不能做出来。我帮你开个头。"

男孩的脸上出现一种奇怪的表情，眼睑微垂，嘴角似笑非笑，表情半是愤怒，半是傲慢。"你自己玩好了，"他说，"我不要**测试**。"最后这个词他是啐出来的，仿佛说出来有辱自己的嘴唇似的。

雷伯掂量了一下僵局，然后说："也许你真不会识字写字，是因为这个问题吗?"

男孩的头猛地向前一伸。"我是自由的!"他低声愤愤地说,"我在你大脑之外,不在里面。我现在不在,今后也不会在。"

舅舅笑了。"你根本不明白什么是自由,"他说,"你不明白……"男孩一扭头,大步走了。

毫无方法,这孩子简直不可理喻,连豺狼都不如。除了毕晓普,什么都挽留不住他。雷伯知道,毕晓普之所以可以,是因为他能让塔沃特想起舅公。这娃娃看上去就像是老头返老还童的模样,天真单纯。雷伯发现,塔沃特总是不肯直视娃娃的眼睛。不管他站在哪儿,坐在什么地方,也不论走到哪里,男孩都觉得空气中似乎有个危险的陷阱,他必须不惜一切代价避开。雷伯担心,娃娃亲密、友好的举动反而会赶走塔沃特。他总是爬上前去摸他。一旦意识到他上来,塔沃特就像蛇一样,立刻绷紧身子,发出嘶嘶的声音,伺机出击。"讨厌!"毕晓普急忙逃开,躲到最近的家具后面继续窥视他。

教书匠对此也很理解。男孩遇到的每一个问题,他都经历过,并解决了,或者说大多解决了,因为毕晓普这个问题还没有着落。他只好学着接受这个问题,也明白了没有这个问题自己是无法活下去的。

摆脱妻子以后,他开始和毕晓普住在一起,生活安定,顺其自然,犹如两个光棍汉,习惯极为相似,无需彼此迁就。冬天,他把孩子送到一个特殊儿童学校上学。孩子进步很大,不仅学会了自己洗澡、穿衣、吃饭、上厕所,还学会了做花生酱三明治,尽管有时会把酱涂在面包的外面。和他住在一起,雷伯大多数时候都不会因为意识到他的存在而痛苦。不过,有时候也难免会发生。比如说,自己有时会不可遏止地出现一种莫名其妙的状况,对孩子表现出丧失理智的爱,紧接着又一连数日为此感到震惊、沮丧,为自己的理智而颤抖。这是他血液里蛰伏的诅咒偶尔外露而已。

在他眼里,毕晓普常常是一个未知数 X,表示命运通常都是可怕的。他觉得自己并不是像上帝的模样造出来的,而毕晓普是的,这一点他坚信不疑。这小家伙就是一个简单的等式,无需进一步解析,除非遇到令人窒息的爱毫无征兆地压过来。不管什么,只要看太久了,他都会萌生这种爱,而且无需毕晓普在身边,比如一根棍子,一块石头,一条影线,或是一只像一个滑稽老头穿越人行道的椋鸟,都有可能。要是自己毫无节制,不假思索地深陷其中,他会突然感到爱如泉涌,近乎病态,连自己都会惊恐不已。如此炙热,他会不由自主地扑到地上,犹如白痴一样连声赞美。毫无理性,病态反常。

一般而言,他并不惧怕爱。他了解爱的价值,也知道怎么用它。他见过穷途末路时爱能带来神奇的变化,比如可怜的姐姐。可这种神奇跟他的境况互不相干,与他身上那种令人窒息的爱迥然不同。不是那种有助于这孩子发展,也无利于自身提高。这是一种不可理喻的爱,爱的对象没有未来。这种爱似乎只是为了爱而爱,专横、霸道,顷刻间就会让自己变成傻瓜一般。有了毕晓普,这种爱才出现。它始于毕晓普,随之好似雪崩,把他理性所憎恨的一切全给吞噬了。因为这种爱,他总有一种冲动,渴望再次获得老头那双眼睛的关注。那是一种疯癫、狂暴、死鱼般呆滞的眼神,充满了对变形世界的失真幻影。这一渴望如同他血液中的一股逆流,硬是把他拖回到自己明知是疯狂的状态中。

这是家族的痛楚,深藏于遭受痛苦的家人的血脉里。它是从古代的某个源头,某位沙漠先知或是坐柱苦行僧[1]那里流淌下来的。这种剧痛丝毫未减,最终在老头和他的身上体现了出来,正如他猜想的那样,孩子也未能幸免。遭受痛苦的人,要么毕生奋起反抗,要么任其摆布。老头是听它摆布的,而他则以整个生命为代价,战胜了它。塔沃特会不会这样,还不得而知。

雷伯是靠严格遵守一条苦行僧般的铁律才摆脱这一痛楚对自己的控制。不管什么东西,他从不多看一眼,不论什么欲

---

[1] 坐柱苦行僧:是指一个人长时间坐在一根柱子上,以磨炼和考验自己的忍耐力和意志力。

望，不是特别需要，也从不设法获得感官满足；他睡的是狭窄的铁床，工作时坐的是直背椅子，吃的是粗茶淡饭，不多言、不多语，专找索然无趣的人交朋友。他是在高中里执教的测试专家，所有工作计划都是预设好的，不需要他参加制订。他并没有自欺欺人，认为这就是完整或充实的人生。他只知道，要想活得有尊严，生活就得这么过。他清楚自己是狂人和疯子造出来的，不过他似乎完全凭借自己的意志，扭转了这个命运。他直直地行走在疯狂和空虚之间狭窄的小道上。到该摔倒的时候，他就倒向空虚，选择那一边摔下去。他清楚，自己默默过着的是一种英雄般的生活。塔沃特将来不是过着这样的生活，就是走上老头子那条路。他决心挽救这个孩子，让他走上好路。尽管这孩子口口声声地说，老头教他的那些玩意他压根儿也不信，可雷伯还是能够清楚地看出，内心的信仰和恐惧在牵制着他，使他不敢做出反应。

无论是从亲情、熟悉度，还是经验角度讲，雷伯都是挽救塔沃特的不二人选。然而，男孩的表情里有样东西，令他很气馁。表情中某样东西，某种渴望，似乎主宰了他。塔沃特看他的那双眼睛，总让他有种压迫感，看得他如同泄了气的皮球，无力发挥自己的作用。那双眼是那个疯子学生爸爸的，那性格是老头的，位于两者之间则是雷伯自个儿的形象，正挣扎着留在眼睛里，可自己心有余而力不足。走了三天，他累得四肢麻木，倍感无能，痛苦不已，每天说起话来总是颠三倒四的。

那天夜晚，他们在一家意大利餐馆吃的晚饭。餐馆里顾客不多，黑乎乎的。他点了意式水饺，毕晓普喜欢吃。每次吃完饭，塔沃特都会从口袋里掏出一张纸和一小截铅笔，记下一个数字，即他估计的餐费。他说以后会如数奉还的，他不想欠这个人情。雷伯很想看一眼这些数字，了解一下这些饭菜是怎么估的价——男孩从未问过价格。他吃东西非常讲究，先在盘子里把饭菜倒腾好一会儿才张口吃，每吃一口，都怀疑里面有毒似的。他脸色阴沉，把饺子推来转去，没吃两口就撂下了刀叉。

"不喜欢？"雷伯问，"要是不喜欢，可以点别的。"

"全是泔水桶味道。"男孩说。

"毕晓普不是吃得好好的吗？"雷伯说。毕晓普吃得满脸都是，偶尔还会舀上一勺子倒进糖碗里，或是伸出舌尖舔舔盘子。

"我说的就是这个意思，"说着，塔沃特瞥了一眼毕晓普的头顶，"——猪或许会喜欢。"

教书匠放下叉子。

塔沃特怒气冲冲地瞪着房间黑乎乎的墙壁。"他像猪，"他说，"吃得像猪，像猪一样不会思考，死了也会像猪一样烂掉，你我都是。"说着，他回头看了一眼教书匠青一阵紫一阵的脸。"都会像猪一样烂掉。你我和猪之间唯一不同的，是你我会算术,可他和猪就没什么两样了。"

雷伯牙齿好像咬得咯噔响。最后,他说:"把毕晓普忘掉好了,没人要你和他扯到一起。他只是老天爷犯的一个错误而已,别把他放在心上。"

"他不是我的错,"男孩咕哝,"我和他毫无瓜葛。"

"忘了他。"雷伯短促、厉声地说。

男孩异样地看着他,仿佛察觉到了他隐秘的痛苦。他看到的,或是自以为看到的,他似乎不无冷酷地觉得很有趣。"我们离开这里吧,"他说,"再走起来。"

"我们今晚不走了,"雷伯说,"直接回家睡觉。"他语气坚定,不容商量,这在以前从未有过。男孩只好耸了耸肩。

雷伯躺在床上,看着漆黑的窗外,感到每根神经都似紧绷的高压线,高度紧张。他仿照书上写的那样,尝试着一次放松一块肌肉,先从脖子后面开始。他什么也不想,只想着纱窗外面依稀可见的树篱轮廓。一听到声音,他就会高度警觉。在漆黑中躺了许久,他还是没有放松警惕,神经仍旧紧绷着,时刻做好准备,只要大厅木地板发出哪怕是一丁点的响声,他都会一跃而起。他突然坐起来,睡意全无。门开了,又关上了。他纵身一跃,穿过大厅,跑进对面的房间。男孩不见了。他跑回自己的房间,睡衣也没脱就套上裤子,抓起外套,光着脚,铁青着脸,从厨房冲了出去。

第五章

　　雷伯紧贴着树篱内侧,顺着漆黑、潮湿的草坪,蹑手蹑脚地朝街上走去。夜深人静。隔壁人家有扇窗子亮着灯,照出了树篱尽头那顶帽子。帽子微微地转了一下。雷伯看见了帽子下那个瘦削的侧影,下巴前突、坚毅,酷似他。男孩一动不动地站在那儿,十有八九是在确定方位,决定往哪个方向走。

　　男孩转过来,转过去。雷伯只能看到帽子,看到它固执地套在头上,即使灯光幽暗,依然可见他一脸的凶相。这模样体现出男孩叛逆性十足,似乎是他多年来养成的性格。雷伯觉得,首先要矫正的就是他这种叛逆性格。突然,帽子从灯光里消失了。

　　雷伯光着脚,悄悄地溜过树篱,悄无声息地尾随其后。没有人影。男孩距离自己只有四分之一街区,可除了窗里的灯光偶尔照出孩子大致的身影,雷伯几乎都看不出来。雷伯搞不清男孩是打算永远离开呢,还是只想一个人出来走走。既然情况不明，他决定不惊动他，就悄悄地跟在后面观察。他关掉助听器，尾随着那个模糊的人影，像在梦游一样。男孩夜里走得比白天快多了，总是差一点就要消失了。

雷伯感觉心跳在加快。他从口袋里掏出一块手帕，擦擦额头和睡衣领口里面。他走在人行道上，踩到一个黏糊糊的东西，急忙转到另一边，暗暗地骂了一句。塔沃特向城里走去。雷伯想，他可能是要回去看看他心中感兴趣的什么东西。男孩要是不那么犟，他早可以通过测试了解到情况，没准今晚就会弄个水落石出。一阵阴险的复仇快感油然而生，他赶忙按住。

天空有块地方发白，片刻间映出了房顶的轮廓。塔沃特突然右转。雷伯直骂自己干吗不等穿好鞋再跑出来。他们走进附近一大片破破烂烂的寄宿公寓区，每条公寓的走廊都紧挨着人行道。有几个走廊里，一些晚睡的人坐在摇椅里摇来晃去，观赏着街景。他感到黑暗中有很多双眼睛在盯着自己，于是又打开助听器。有一个女人从一家走廊里站起来，从栏杆上探出身子。她双手放在臀部，站在那儿打量着他，看见他光着脚丫，身穿条纹睡衣，外面套着件泡泡纱外套。他很是恼火，回头狠狠地瞪了一眼。她脖子一扬，那意思是看扁他了。他扣上外套，继续赶路。

走到下一个拐弯处，男孩停了下来。路灯照在他身上，在一侧投下一条倾斜的细长身影。身影上面的帽子就像一个旋钮,转过来扭过去。他好像在考虑要往哪边走。雷伯突然感到身上的肌肉沉甸甸的。他一直没觉得疲倦,这会儿脚步慢下来才意识到。

塔沃特向左转去。雷伯很恼火,只好又跟上去。两人沿着一条破旧的商业街朝前走。雷伯走到下一个拐角时,看见街边一家电影院花里胡哨的门洞里站着一群孩子。"没有穿鞋!"有一个孩子叽叽喳喳地叫道,"也没穿衬衫!"

雷伯一瘸一拐地跑了起来。

孩子们的叫声,像合唱团的歌声,追着他飘过了街区。"喂,西尔弗维尔,快看呀!通托[1]把裤衩都弄丢了!我们还管他干吗呀!"

雷伯恼怒不已,两眼一刻不停地盯着塔沃特,只见他又拐到了右边。跟着来到拐角处转弯时,他发现塔沃特停在街区中央,正盯着一家商店橱窗。他溜进几步外一条狭长的入口,只见几级台阶通到上面,消失在黑暗中。然后,他抬头看了看。

眼前橱窗里的灯光把塔沃特的脸照得怪怪的。雷伯好奇地观察了一会儿,发现这张脸就跟一个饥肠辘辘的人似的,看见眼前放着食物,可就是够不着。他猜想,男孩终于有想要的东西了,他决定明天就过来买。塔沃特伸手摸了摸橱窗玻璃,然

---

1 通托是美国二十世纪二三十年代出现在电影、广播剧、电视剧等不同艺术形式中的人物。

后又慢慢地缩回来。他伫立在那儿,两眼好像总也离不开他想要的那件东西。雷伯想,这大概是一家宠物店吧。也许他想要条狗。有了狗,情况或许会大不一样。突然,男孩抬脚走开了。

雷伯跨出入口,走向男孩刚才伫立的橱窗。他停下来一看,既惊讶又失望。只是一家面包店而已。橱窗里空空如也,只有一片面包,被推到了边上,一定是晚上清理货架时落下的。他仔细看了看空荡荡的橱窗,很是不解,随即又追赶男孩去了。判断完全错了,他心想,很是不悦。他要是吃晚饭,也不至于饿肚子。一对男女散步而过,看到他光脚丫,好奇地瞧着他。他瞪了他们一眼,然后侧过头,瞥见自己映在一家鞋店的玻璃橱窗里,头戴助听器,面孔毫无血色。男孩突然拐进一个弄堂,不见了。上帝啊,雷伯想,这要折腾到什么时候呀?

他拐进弄堂,路面坑坑洼洼,而且伸手不见五指,根本看不见塔沃特。他肯定双脚随时有可能踩到玻璃碴。半路上,一只垃圾箱突然出现在眼前。他听到"轰"的一响,像是一间铁皮屋倒下似的。他发现自己坐在地上,一只手和一只脚不知道陷进了什么东西里面。他挣扎着爬起来,一瘸一拐地继续赶路,听到助听器里传来自己的骂娘声,就跟陌生人声音似的。走到弄堂尽头,他看见男孩那瘦弱的人影站在下一个街区中央。他突然气冲冲地跑了起来。

男孩又拐进了一个弄堂。雷伯不肯罢休，紧追其后。走到第二个弄堂尽头，男孩拐到了左边。雷伯跑到那条街，只见塔沃特站在下一个街区中间，一动不动。男孩鬼鬼祟祟地四周瞄了瞄，又不见了，显然是溜进了他前面的大楼里。雷伯冲过去。跑到跟前时，他突然听到一阵歌声，直通通地灌进了耳膜。两扇黄蓝色窗子，活像《圣经》里怪兽的一双眼睛，正在黑暗中怒视着他。他在那条横幅前停下来，上面颇具讽刺地写着：**唯有重生……**

塔沃特受毒害这么深，雷伯一点儿也不惊讶。他感到不安的，是想到自己这副囚徒般的形象被男孩带进这个恶心的神殿。他火冒三丈，绕着大楼跑了起来，想找一扇能看见楼内的窗子，在人群中找到男孩的面孔。要是看到他，就冲他吼，要他出来。前面的窗子都太高，绕到后面，找到一扇低的。他穿过窗子下面凌乱的灌木丛，窗台正好到他下巴那么高。他朝里面张望，好像是一间小接待室。接待室另一边有扇门开着，通向舞台。有个男人穿着鲜艳的蓝色西装，正站在聚光灯下领唱圣歌。可雷伯看不到楼内大厅，人们都站在那儿。他正要离开，圣歌唱完了，领唱的男人开始演讲。

"朋友们，"他说，"这个时刻到了，我们一直盼望的今晚这个时刻终于到了！耶稣说让小孩子们到他那里去，切勿阻拦，或许是因为祂知道孩子们会召唤别人去他那里，祂或许知道这一点，朋友们，祂可能早有预感。"

雷伯满脸不悦地听着，筋疲力尽，一旦停下来就不想再动了。

"朋友们，"牧师说，"卢切塔走遍世界，向人们传播耶稣的故事。她到过印度和中国，和全世界的统治者们都交流过。朋友们，耶稣真是神奇，能借婴儿之口向我们传授智慧！"

又一个孩子遭人利用了，雷伯愤愤不平地想。想到小孩的思想遭到扭曲，被人带离现实生活，总令他怒目切齿，因为这让他想起了自己童年时被人诱拐的遭遇。他怒目圆睁，盯着聚光灯，只见灯下的牧师变得模糊起来。透过他，雷伯回想起了自己的生活，直到老头那死鱼般的眼睛出现在眼前。他看见自己握住伸过来的手，天真地走出自家院子，天真地进入虚幻的世界，长达六七年之久。换了任何一个孩子，兴许不出一周就会把魔咒抛之脑后了。他却不行，因为他先要分析自身情况，然后才能结束此事。然而，他总是不能忘怀他父亲把他从波德海德夺走的那五分钟时间。看到台上这个模糊的男人，这种感觉又来了，就像是看到了一个透明的噩梦。他和舅舅坐在波德海德那房子的台阶上，看到父亲从树林中出来，父亲也看到了田野这边的他俩。舅舅身子前倾，双手捂脸，眯着眼睛。他坐在台阶上，双手紧握，插在膝盖间。看到父亲越走越近，他心跳也越来越快。

"卢切塔和爸爸妈妈一起旅游,我想请你们见见他们,因为父母必须无私,与世人共同分享他们唯一的孩子,"牧师说,"他们就在这里,朋友们——卡莫迪先生和夫人!"

一对男女走进聚光灯,雷伯清清楚楚看见耕过的田地,看到一条条阴影中的红土田垄,将他和正向自己走来的那个瘦长身影隔开。他思绪驰骋,想象田野有一个退坡,把父亲拽下去,将他吞噬,可父亲不屈不挠,爬上来继续前行,只是每走一段就要停下来,手指伸进鞋里抠出一块泥土。

"他要把我带回去。"他说。

"带回哪儿?"舅舅吼道,"他可没地方带呀。"

"他不能带我回去?"

"回不到你以前的地方了。"

"带我回城里也不行?"

"我从来没提过城里呀。"舅舅答道。

他隐约看到,聚光灯里的男人坐了下来,女的依旧站着。她变得模糊不清,他又看见了父亲,看见他越来越近。他有股冲动,想一跃而起,穿过舅舅家,一头冲进后面的密林里。他想沿着那条当时十分熟悉的小路飞奔过去,在滑溜溜的松针上又是滚又是滑,向密林深处跑呀跑,一直跑到竹林边,然后穿过竹林,跑到另一边,纵身跃入小溪,在他重生的地方、在头被舅舅按进水里又提起来获得新生的地方,安然地躺着,呼哧呼哧地尽情喘息。他坐在台阶上，两腿肌肉紧绷，像是准备好了要腾空跃起似的。但是，他一动未动。他能看见父亲的嘴角轮廓，看见它不再是恼怒，不再是骂骂咧咧的愤怒，而是震天的狂怒，数月不息。

那个女的，高高的个儿，骨瘦如柴，是个福音传教士。她在讲述自己遭遇的种种磨难。这时，雷伯看到父亲已经来到院前，踏上硬邦邦的泥土地，从田野里一路跋涉过来，脸色红扑扑、光滑滑的。他气喘吁吁，有一会儿像是要伸手抓他，实际上他一动未动。他浅蓝色的眼睛小心翼翼地扫视着台阶上石雕般的身影，只见它在目不转睛地盯着自己，红红的双手握成拳头，放在结实的大腿上，走廊上还放着一杆枪。他说："他妈妈想要他回去，梅森。我也搞不清为什么。要我说，你尽管留着他好了，可你知道他妈妈那个人。"

"一个醉醺醺的婊子。"舅舅吼道。

"她可是你妹妹，不是我的，"父亲回答，接着又催促道，"好了，孩子，快点吧。"说着，朝他微微地点了下头。

他扬起尖锐的嗓门，解释不能回去的确切原因。"我重获新生了。"

"太棒了！"父亲说，"真是太棒了！"他向前一步，抓住他胳膊，一把将他提起来。"很高兴你得到了妥善照应，梅森，"他说，"洗澡，多一次少一次，对小家伙不会有什么伤害的。"

他没机会看见舅舅的脸。父亲已经跳进犁过的农田,拖着疲惫的身子跨过一条条田垄,与此同时子弹从头上嗖嗖直飞。他的双肩这时正好抵着窗台吓得哆嗦了一下。他摇了摇头,甩掉这份记忆。

"我在中国当了十年的传教士,"那女人说,"在非洲当了五年,在罗马还待了一年。罗马人的思想依旧笼罩在宗教的黑暗中。可过去六年来,我和丈夫带着女儿走遍世界。这些年真是考验、痛苦不断,艰苦、磨难不止。"她披着一件醒目的披风,一角翘起来搭在肩上,露出红色的衬里。

突然,父亲把脸贴上来。"回到现实世界中来吧,孩子!"他说,"回到真实的世界。是我,不是他,看见了吗?是我呀,不是他。"他听到自己声嘶力竭地吼道:"是祂!祂!是祂,不是你!我重生了,已成事实,你无力改变!"

"见鬼去吧耶稣!"父亲说,"你信就尽管信吧,谁在乎呀。不用多久你就会明白的。"

女人变了个音调,绘声绘色的叙述,再次吸引了他。"这些年我们可不容易,整个团队不辞辛劳,为基督服务。人们对我们并非总是那么慷慨,唯有这里的人才是真正的慷慨。我是得州人,我丈夫是田纳西人,可我们走遍了世界。我们知道,"她深沉而轻柔地说,"知道什么地方的人真正最慷慨。"

雷伯听得入了神,痛苦也没了,可他发现女人只是为了讨钱，因为他听见硬币丢进盘子里的声音。

"我们家的小姑娘六岁时就开始传教了。我们发现，她肩负使命，得到了召唤。我们还发现，他们不能把她拴在身边，我们吃这么多苦，就是要让她踏入世界，今晚我把她带来了。对我们来讲，"她说，"你们犹如世上伟大的统治者那么重要！"她抓起披风边，就跟魔术师似的，深深地鞠了一个躬。过了一会儿，她抬起头，凝视着前方，仿佛在眺望什么胜景，旋即消失了。一个小女孩蹒跚而入，出现在聚光灯下。

雷伯打了一个寒颤。随便瞧一眼，他就能看出小女孩不是个冒牌货，只是被人利用了。她十一二岁模样，稚嫩的脸小小的，一头乌发，又厚又重，柔弱的小姑娘不堪重负。她像妈妈一样披着件披风，向后掀起搭在肩上。裙子很短，像是有意要露出膝盖下那双纤细、弯曲的小腿。她双手举过头顶，停了片刻。"我想要告诉你们世界的故事，"她操着童声，高昂而清亮地说，"我想要告诉你们耶稣为什么降临，又经历了什么。我想要告诉你们祂如何复活。我想要告诉你们要做好准备。最重要的，"她说，"是我想要告诉你们，要做好准备，等到了审判日，你们都能升入天堂，沐浴我主荣耀。"

雷伯怒不可遏，对那对父母、那位传教士，还有他看不见的那帮坐在孩子面前的白痴们愤怒不已，是他们导致小姑娘堕落成这样。她深陷其中，而且深信不疑，手脚被束缚，就像他当年一样，只有小孩子才会不能自拔。他感觉舌尖上又尝到了自己童年的痛苦，犹如一块苦涩的圣饼。

"你们知道耶稣是谁吗？"她大声问道，"耶稣是上帝圣言，耶稣是爱。上帝圣言就是爱，你们这些人知道什么是爱吗？要是不知道，耶稣降临了你们也认不出来，你们没有做好准备。我想告诉你们世界的故事，告诉你们爱降临了世人居然还毫不知情。所以，爱再次降临时，你们可要做好准备呀。"

她在台上前后走来走去，双眉紧锁，似乎要穿过紧紧相随的圆形强光，努力看清下面的听众。"大家听我说，"她继续道，"上帝对这个世界很生气，因为世界不停地向他索要，而且越要越多。上帝有的都想要，可又不知道上帝有什么，只是一味地索要，越要越多，上帝本人的呼吸想要，上帝圣言也想要，于是上帝就说'我把圣言变成耶稣，送给他们，变成他们的国王；我把自己的呼吸送给他们，成为他们的呼吸。'"

"你们都听着，"她挥开手臂说，"上帝告诉世界，他要给世界派一个王者，世人等待着。世人想，用金羊毛毯给祂铺床，用金银和孔雀尾巴，用尾巴上成千上万的小太阳为祂做饰带。祂母亲骑着一头白色四角兽，以落日为披风，在身后的地上拖着，让世界把它拖成碎片，每天晚上再换个新的。"

雷伯觉得她像只眼睛被弄瞎的小鸟，为的是唱起歌来更甜美。她的音色似玻璃钟般清脆、悦耳。他同情所有被老头洗脑的孩子们——包括童年时的他本人、遭到老头毒害的塔沃特、被父母利用的这个小女孩，还有遭受活着的痛苦的毕晓普。

世界说："主呀，我们要等多久呀？"主回答说："圣言就要来了，我的圣言发自于大卫王王宫。"小女孩停了停，侧过头，避开刺目的灯光，浅黑色的眼神缓缓地挪动着，最后落在窗框里雷伯的头上。雷伯凝视着她，小女孩两眼在他脸上停了片刻。他震惊不已，确信这孩子一眼就看穿了他的内心，还看见了他的怜悯。他感觉他俩之间建立起了某种神秘的联系。

"'圣言即将降临，'"说着，她转过身面对强光，"'我的圣言发自于大卫王王宫。'"

她又操起挽歌般的音调说："耶稣降生在冰冷的干草上，是一头牛呼吸的热气温暖了他。'这是谁？'世界问：这个冻得青一块紫一块的孩子是谁？这个相貌平平、冷冰冰的女人又是谁？这个青一块紫一块的孩子就是**上帝圣言**？这个相貌平平、冷冰冰的女人就是上帝意志？"

"你们都听着！"她大声说，"世界心里很清楚，同你我心里一样清楚。世界说：'爱似寒风，刺骨扎人，上帝意志如寒冬，萧瑟荒凉。那么，上帝如夏日的意志在哪里？上帝如绿色季节的意志在哪里？上帝如春夏季节的意志又在哪里？'"

"他们只好逃入埃及。"她低声说，又转过头来。这一次她目光直接投向雷伯贴着窗子的面孔。雷伯知道，她在搜寻自己。他感觉自己被她的目光锁住了,就像被锁在审判席上听她审判似的。

"我们大家都知道,"她又转过头去说,"世界那时候想要什么。世界想要大希律王[1]杀了那个想要杀的孩子,世界希望大希律王放过其他孩子,可他还是把他们给杀了。他没有找到想找的那个。耶稣长大后让死者复活了。"

雷伯感到自己的灵魂在腾飞,但不是那些死去的孩子!他叫喊着,不是那些无辜的孩子们,不是你,也不是儿时的我,不是毕晓普,不是弗兰克!他看到自己像一个复仇的天使,走遍世界,把我主、而不是希律王杀死的孩子们全部集中起来。

"耶稣长大后让死者复活!"她大声说,"可世界却大声嚷道:'别让死人复活,死了就死了,就让他们躺着好了,干吗要让死人活过来呀?'啊,你们这些人啊!"她激昂地说,"他们把袖钉在十字架上,用长矛从边上刺穿袖的身躯,然后说:'现在我们可以安宁了,现在我们可以放松了。'可当他们想要袖了,又盼望袖重回人间。他们睁开眼睛,看见的是自己杀死的荣耀。"

"世界,听着啊,"她一边大声说,一边振臂一挥,把披

---

[1] 大希律王(公元前73年—前4年),又称希律大帝一世、黑落德王,是罗马帝国在犹太行省耶路撒冷的代理王,以残暴著称,曾下令杀死自己的三个儿子。

风挥到身后,"耶稣将重返人间啦!群山似猎犬趴在祂的脚下;星星栖息在祂的肩上;祂一召唤,太阳就会像天鹅一样落下,供祂美食。到那时你们会认出我主耶稣吗?群山会认出祂,欢快地涌向祂;星星会照亮祂的头,太阳将落在祂的脚下,可到那时你们能认出我主耶稣吗?"

雷伯看见自己和小女孩一起跑到一个世外桃源,在那儿教她真相,把世上所有被腐蚀的孩子召集起来,让阳光照进他们的思想。

"你们现在要是不认识祂,那以后也不会认识的。世界,听我的吧,听听我的警告。圣言就在我口中!"

"圣言就在我口中!"她大声说,又转过头看着窗户中的他。这一次她低下头,细细地打量起他来。从集会的人群中她的注意力被他完全吸引了过来。

跟我走吧!他默默地乞求,我会把真相告诉你,我会拯救你的,漂亮的小姑娘!

她一边依旧紧盯着他,一边大声说:"我看见我主在火树中!上帝圣言是燃烧的圣言,为的是把你们烧净!"她朝他这边走来,全然忘记了眼前的听众。雷伯心跳加快,感觉两人在进行一种神奇的交流。世上只有这个孩子懂他。"世界、大人、小孩,全都烧掉吧!"她看着他,大声说,"无人可逃。"快走到舞台边时,她停了下来,一言不发,整个注意力穿过小房间，全落在窗台上的这张脸上。她眼睛又大又黑，透着一股凶气。他觉得，两人的精神超越了彼此间的距离，打破了年龄和陌生的界限，融在了一体，在相互交流从未听说过的知识。小女孩的沉默让他呆若木鸡。突然，她手一挥，指着他的脸。"你们大家都听着，"她尖叫道，"我眼前就看见一个该死的灵魂！看见一个耶稣没有复活的死人。他脑袋就贴着窗框，可耳朵对圣言却置若罔闻！"

雷伯的头好似被一道看不见的闪电击中，从窗框上一下子摔了下来。他蹲伏在地上，怒不可遏，戴着眼镜的双眼在灌木丛后面闪耀着。她在里面继续大喊大叫。"上帝圣言你们难道都听不见吗？上帝圣言是燃烧的圣言，为的是把你们烧净，把大人和小孩全都烧掉，大人和小孩都一样，你们这些人！要么在我主的圣火中得救，要么在你们自己的火焰中毁灭！得救在……"

雷伯在身上疯狂地搜来搜去，对着上衣口袋、脑袋和胸膛拍来打去，可就是找不到关掉这个声音的开关。后来，他的手碰到按钮，便立刻按下。寂静的黑暗中，他立刻有一种如释重负感，犹如遭遇狂风折磨后找到了一个庇护所。他在灌木丛后面瘫坐下来。不一会儿，他想起自己到这里来的目的，于是对塔沃特萌生了一股厌恶之情。要是之前产生这种感觉，他一定会震惊不已。可现在他什么也不想管了，只想回家钻到自己床上，管他回不回来呢。

雷伯钻出灌木丛，朝大楼正面走去。他拐上人行道，教堂的门突然开了，只见塔沃特从里面冲了出来。雷伯顿时收住双脚。

男孩站在他面前，表情怪怪的，好像是遭遇了一连串的惊吓，出现了一种新的表情。片刻过后，他挥起手臂，迟疑不决，像是要打招呼。看到雷伯，他如释重负，犹如看到了救星。

雷伯关掉助听器时表情则会变得十分呆滞。他根本看不见塔沃特的表情。愤怒使他忘记了一切，只大致记得男孩的身影。他看见这个身影倔强固执，满脸蔑视的神情。他粗暴地抓住男孩的胳膊，拽着他朝街区南面走去。他俩健步如飞，似乎都恨不得越早逃离那儿越好。走到街区南面的时候，雷伯停下来，转过男孩身子，对着他的脸怒视着。他怒不可遏，没能看出男孩脸上第一次出现顺从的神情。他猛然打开助听器，声色俱厉地说："希望你很喜欢这场表演。"

塔沃特嚅动着嘴唇，咕哝说："我是跑来唾弃它的。"

教书匠继续怒视着，"是吗？我看不一定。"

男孩闷头不语，像是在教堂里受到了惊吓。一旦受到惊吓，他就会笨嘴拙舌。

雷伯转过身，两人闷着头朝前走。一路上，他的手一刻也没有离开过塔沃特的肩膀，男孩也没有推脱，不过他也没有做别的动作。以前的那些怒气又在他脑子里翻腾起来。他得知毕晓普未来命运的那天下午，突然又浮现在脑海里，他看到自己呆立在医生面前。他感觉那医生就像一头公牛，面无表情，麻木不仁，这个还没完，脑子就已经转到下一个病号了。他说："你应该感到庆幸了，他很健康。知道吗，我可看到有些孩子生下来就是瞎子，有些没有四肢，还有一个心脏长到了外面。"

他摇摇晃晃地站起来，差一点要去揍那个医生。"我怎么庆幸得起来？"他压低嗓门，愤怒地说，"就因为一个——就一个——小孩生下来心脏长在了外面？"

"最好这样去想。"医生说。

塔沃特稍稍拉开一段距离跟在后面。雷伯不曾回头看他一眼。他怒气依然未消，沉寂在内心深处多年的怒火似乎又燃烧起来，越烧越旺，越烧越近，直逼脆弱而平静的心灵深处。到家后，他径直躺到床上，看也没看塔沃特一眼。男孩面色苍白，一脸疲倦，却不乏一种期待之情。他在门口徘徊了片刻，像是在等待应邀入室。

第六章

第二天,雷伯感觉机会错过了,可为时已晚。塔沃特的面色又沉重起来,两眼发着寒光,恰似一扇防盗大铁门在闪闪发光。雷伯异常清楚地意识到,自己的人格分裂成了——暴力的自我和理性的自我。为此,他不寒而栗。暴力自我倾向于把塔沃特看成是敌人。他深知,这一看法异常强烈,非常不利于改善他们之间的关系。他醒了,做了一个荒诞不经的梦,梦见自己在一个漫无尽头的小巷里追赶塔沃特,只见小巷突然反转,调换了追逐者和被追者的角色。男孩追上他,对准他的头"咣"地一拳,转眼便无影无踪了。男孩的消失让雷伯感到彻底解脱了,以至于醒来时还满怀喜悦地期盼他的客人会离开。他立刻为这种感觉感到羞愧。他为那天制订了一个理性而又累人的计划。他们三个十点左右去自然历史博物馆。他打算向塔沃特介绍他的祖先、那条鱼以及未知时代所有被浪费的珍贵东西,以开拓孩子的眼界。

他们穿过昨夜走过的一段地方，不过对昨晚外出只字未提。除了雷伯有一圈圈眼袋，两人没有任何迹象表明昨晚外出过。毕晓普跌跌撞撞，还不时地蹲下来，在人行道上捡东西。塔沃特则足足拉开四英尺距离，稍稍走在另一侧前面，不想和他们走在一起。我一定要有充分的耐心，我一定要有充分的耐心，雷伯不停地告诫自己。

博物馆坐落在城市公园另一边，这个公园他们从来没走过。快到公园时，塔沃特面色惨白，仿佛在城市中央发现了一片密林，惊愕不已。一进入公园，他就停住脚，怒视四周，瞪着一棵棵参天大树，古老的树枝在头顶上纵横交错，沙沙作响。一片片阳光透过树枝，撒在水泥人行道上。雷伯发觉自己有些不安，随即反应过来，这地方让他想起了波德海德。

"我们坐下吧。"他说，一是为了歇歇脚，再就是想观察一下男孩的怒气。他坐在一条长凳上，伸开两腿。毕晓普不让他安宁，爬到他的大腿上。孩子的鞋带没系，他给系上。这会儿，他将站在一旁的塔沃特给忘了，看把男孩给气得，一脸的不耐烦。系好鞋带后，他把毕晓普又抱到大腿上，小家伙躺在上面傻笑，一头白发戳着他的下巴，感觉很舒服。雷伯靠着孩子的头，目光懒洋洋的。然后，他闭上眼睛。一片漆黑中，他忘掉了眼前的塔沃特。他爱恨交织，不能自拔，而且毫无征兆。把孩子抱到腿上时他就该意识到这一点。

雷伯的额头渗满了汗珠,像是钉在了长凳上。他知道,这个痛苦自己要是能战胜一次,直面它,凭借非凡的意志力拒绝感受它,他就会成为一个自由之人。他紧紧地抱着毕晓普。虽然这一痛苦是毕晓普导致的,可他抑制,甚至控制住了。他意识到这一切是发生在一个可怖的下午,当时他正设法淹死这个智障儿。

他把毕晓普带到两百英里外的海滩,想尽快了结此事,然后独自返回。这一天时值五月,风和日丽。海滩一直延伸到渐渐潮起的大海里,海滩上几乎空无一人,什么也看不见,只有浩瀚的大海、辽阔的天空和长长的沙滩,远处偶尔会出现一个人影,像根小棍子似的。他把毕晓普扛到肩上,走进齐胸深的海水里,把他举到空中转着圈子,孩子笑得"咯咯"响,然后脸朝下,猛地一下扔进水里,摁住他,看也不看一眼,只是昂着头,仰望着一声不吭地见证这一切的上天。天,不太蓝,也不太白。

一股力量在手下拼命挣扎,想浮出水面。他紧紧地摁着,越摁越紧。顷刻间,他觉得自己拼命摁着的是一个巨人。他十分惊讶,不自觉地低头瞧了一眼,只见水下的那张脸都气歪了,求生的原始怒火将脸扭曲变了形。他情不自禁地将手松开了。意识到自己这个动作时,他又使出全身力气,怒冲冲地摁下去,一直摁到手下面没了挣扎。他大汗淋漓地站在水中,像小孩以前那样嘴角耷拉着。水下一股逆流差一点把小孩卷走。他突然醒悟过来，一把抓住了。紧接着，他看着小孩身体，想到自己今后的生活中再也没有这个孩子，一时间吓得魂不附体。他歇斯底里地大叫起来。他抱着软绵绵的身体，从水中吃力地走到岸上。他刚才还觉得空空荡荡的海滩，现在却从四面八方涌来了一大群陌生人。一个身穿红蓝罗马条纹短裤的秃顶男人，立刻对小孩实施人工呼吸。有三个女人在哀嚎恸哭，还出现了一个摄影师。第二天，报纸上刊登了一张照片，画面是穿着条纹短裤的施救者撅着屁股，正俯身急救孩子，雷伯则跪在一旁看着，满脸的痛苦。照片还配了一个标题：**儿子起死回生，父亲欣喜若狂。**

塔沃特刺耳地打断他说："你整天就想着照顾那个白痴！"

教书匠睁开眼睛，满眼的血丝和茫然，就像是头部遭到重击后刚恢复意识似的。

塔沃特站在一旁怒目而视。"要来就快点！"他吼道，"不然我就去忙自己的事了。"

雷伯没有搭腔。

"再见。"塔沃特说。

"你去哪里忙自己的事？"雷伯酸溜溜地问道，"又是会堂？"

男孩的脸涨得通红，嘴张着，一句话也说不出。

"我在照顾一个白痴,你却瞧都不敢瞧一眼,"雷伯说,"看着他的眼睛。"

塔沃特飞快地瞥了一眼毕晓普的头顶,目光在那儿停了片刻,感觉手指是放在烛火上似的。"就像不敢看狗一样。"说着,他转过身。可是,仿佛还在和教书匠说话似的,不一会儿他又嘀咕了一句:"给他施洗跟给狗施洗没啥区别,效果一样。"

"谁说给人施洗啦?"雷伯说,"你满脑子想的就是这个事是吗?都是从老头那儿学的,对不对?"

男孩突然转过身来直面他。"跟你说了我是去唾弃会堂,"他紧张地说,"以后不会跟你讲第二遍了。"

雷伯看着他,一言不发。说了几句尖刻的话,他感到自己清醒了。他推开毕晓普,站了起来。"我们走吧。"他说,不想再讨论下去了。不过,闷头赶路时,他的想法又变了。

"听着,弗兰克,"他说,"我相信你是去唾弃的,对你的智商我从来没有怀疑过。你所做的一切,你能出现在这里,这些都表明,你摆脱了自己的过去,冲出了老头给你设置的牢笼。不管怎么说,你逃出了波德海德。你很勇敢,用最快的办法安葬了他,然后逃了出来。而且一出来,就直奔你该来的地方。"

塔沃特伸手从树枝上摘下一片树叶嚼了起来,表情怪怪的，随后又将树叶卷成团扔了。雷伯还在说个不停，声音冷冰冰的，好像并不关心此事。他只是在讲述事实，其声音就像空气一样，不带一点个人感情色彩。

"你说自己是去唾弃的?"他说，"可问题是，没这个必要呀，不值得你这么做，它没这么重要嘛。你脑子里把它的重要性给放大了。老头总是气我，后来我想通了，他不值得我生气，也不值得你生气，他只值得我们怜悯。"他怀疑男孩是不是时刻都有一颗怜悯之心。"你做事不想走极端，暴力的人才喜欢呢，你可不想……"——他突然停下来，因为毕晓普扳开他的手，跑开了。

他们走到公园中央，正中间有座喷泉，四周用水泥砌成一个圆圈。里面有个石狮头，水从嘴里喷到一个浅水池里，小男孩就跟风车似的拍着双臂，飞奔而去。一眨眼他就翻进了圆圈。"来不及了，活见鬼!"雷伯嘀咕，"他进去了。"说着，他瞥了一眼塔沃特。

塔沃特站在一个台阶中间，完全被吸引住了，两眼盯着站在水池中的小家伙，可眼神在燃烧，犹如看到了什么既令人生畏、又引人入胜的东西。阳光明媚，照耀着毕晓普一头的白发，小家伙全神贯注地站在水里。塔沃特向他走了过去。

塔沃特似乎被水中的娃娃吸引住了，可人又在往后退，有股力量一边吸引他前进，一边又拽着他后退，几乎势均力敌。

雷伯困惑地观察着，满脸狐疑，缓缓地跟在一边。快到水池边时，男孩脸上的表情越来越紧张。雷伯觉得自己是在盲目地跟着，在毕晓普站立的地方，只能看到一团光亮。他感到，眼前发生的事情非同寻常，要是能明白的话，他就可以找到打开男孩未来之门的钥匙。他绷紧肌肉，准备行动。他猛然意识到一个巨大的危险，不由得失声大叫。他突然反应过来，塔沃特正走过去给毕晓普洗礼。他已经走到池边了。雷伯纵身一跃，一把将娃娃从水里提起来，放到水泥地上。小家伙号啕大哭。

雷伯心脏狂跳，怒不可遏。他觉得自己刚才阻止了男孩，没让他干出十分丢人现眼的事情。他现在全明白了，老头**已经**把自己固执的意念传给了塔沃特，**已经**让他认识到必须要给毕晓普洗礼，否则后果不堪设想。塔沃特一只脚踩着大理石水池边，身体前倾，用肘抵着膝盖，看着池边水里自己破碎的倒影。他嘴唇嚅动着，像是在对着池中的脸默默地说话。雷伯一声不吭，意识到男孩此刻正遭受着巨大的痛苦折磨。他知道，现在无法通过讲道理打动他，根本不可能对此进行理智的讨论，因为这是一种强迫症。他无计可施，无力治愈这一毛病，除非通过击打，或是让他突然真真切切地感受到这么做徒劳无益，抑或是举行一个荒唐可笑的空洞仪式，或许还有点效果。

他蹲下来，帮毕晓普脱掉湿漉漉的鞋子。小家伙已经不再嚎了，只是无声地抽泣，小脸都哭歪了，涨得通红，令人生厌。雷伯挪开视线,看着别处。

塔沃特离开那儿。他绕过水池,佝着背,怪怪的,仿佛有人用鞭子驱赶他似的。他走进一条狭窄的林荫小道。

"等一下!"雷伯喊道,"博物馆现在去不成了,我们得回家给毕晓普换鞋子。"

塔沃特不可能没听见,可他还在朝前走,转眼就看不见了。

真是偏远山林里来的白痴,该死!雷伯低声骂道。他看着塔沃特消失的小道,并不急着追上去,因为他知道,他会回来的,他放不下毕晓普。男孩现在感到压抑,是因为他非常清楚,自己无法摆脱毕晓普。他会和他们父子待在一起的,不是等到完成自己来到这儿的使命,就是要到自己痊愈为止。老头在杂志封底上胡乱写的那句话浮现在他的眼前:

我要把这孩子培养成先知,他会把你的眼睛烧得干干净净。

这句话就像是一个新的挑战书。我会治愈他的,他冷峻地说。我会治愈他,最起码要搞清楚其中的原因。

第七章

切诺基旅馆是一个由仓库改建而成的两层建筑,一楼漆成白色,二楼刷成了绿色。旅馆的一头建在陆地上,另一头建在柱子上。这些柱子扎在平静如镜的小湖里,湖对岸是茂密的树林,有绿的,有黑的,一直延伸到灰蓝色的天际线。旅馆正面的墙很长,上面贴着啤酒和香烟广告,正对着公路。公路大约在三十英尺开外,中间隔着一条土路和一长块斑鸠菊。雷伯以前来过这里,可没想过要停下来。

雷伯挑选这家旅馆,是因为这里离波德海德只有三十英里,而且价格也不贵。第二天,他带两个孩子过来,正好让他们吃饭前四周走走看看。一路开车上来,塔沃特一声不吭,有些压抑。他跟之前一样坐在他旁边,就像一个不肯说本地话的外国人——顶着脏兮兮的帽子,套着臭烘烘的工装服,跟民族服似的,以示藐视。

雷伯夜里突然想出一个主意,带男孩回波德海德,让他看看自己的所作所为。他想看看，如果再到这个地方来瞧一眼、感受一下，真的会让男孩震惊，那么他的创伤真有可能立刻暴露出来。他愤怒的恐惧和冲动就会爆发，而他舅舅——富有同情心，知识渊博，善于理解——就可以在那儿给他释疑解惑。他没说他们要去波德海德，男孩只知道是去钓鱼。他想，做实验前，下午坐船放松放松，有助于缓解紧张的心情，对他、对塔沃特都是如此。

雷伯一面开车，一面想，可有一次思绪被打断了。毕晓普的脸突然从后视镜中冒出来，随即又不见了。他想爬过前排座位的靠背，爬到塔沃特的大腿上。塔沃特转过头，看也不看一眼，一把就将气喘吁吁的小家伙推回到后面的座位上。雷伯眼下的目标就是要让男孩明白，整天想着给毕晓普洗礼是一种**病**，病愈的标志就是敢于直面毕晓普的眼睛。雷伯觉得，一旦男孩敢这么做，他就会建立信心，相信自己有能力遏制住要给小家伙洗礼的病态冲动。

他们下车后，雷伯仔细观察着塔沃特，想看看他重回乡下的第一反应。男孩站了一会儿，昂着头，像是闻到了湖对岸松树林里飘过来的熟悉的味道。看着他顶着球茎形帽子的长脸，雷伯想起了突然破土而出、暴露在青天白日下的根茎。男孩眯起双眼，眼里的湖面一定缩成了一条线，像刀片似的。他毫不掩饰，露出异样的敌意看着湖水。雷伯甚至猜想，男孩一看到湖水，身体就会颤抖。至少他会握紧拳头，这一点他敢肯定。他满目的怒气渐渐平静下来，然后像往常一样，迈着急匆匆的脚步，头也不回，绕着房子转了起来。

毕晓普从车里爬下来，一头扑向爸爸。雷伯漫不经心地把手放到小孩的耳朵上，轻柔地摸着。他手指一阵刺痛，像是碰到了什么旧伤的敏感伤口。他随即推开孩子，拿起包，朝旅馆的纱门走去。走到门口时，只见塔沃特从旅馆一侧迅速绕过来。看到男孩脸上那表情，雷伯很清楚，自己被跟踪了。他对男孩的感情颇具戏剧性，一会儿对他一脸困惑的样子深表同情，一会儿又因他对自己的那般态度愤怒不已。男孩那副样子，感觉看他一眼都要费很大力气似的。雷伯推开纱门走了进去，撇下两个孩子，随便他们进不进来。

旅馆里面黑黢黢的。雷伯好不容易才看出来左边是服务台，后面站着个胖女人，长相平平，正用肘撑着斜靠在台子上。他放下包，说出自己的名字。他觉得女人的目光虽然是对着他，注视的却是他身后。他回头一瞥，看见毕晓普站在几步开外，正张着嘴看着她。

"你叫什么名字，小宝贝？"

"他叫毕晓普。"雷伯立刻答道。看到别人盯着小家伙，他总是不开心。

女人歪着头，一脸同情的样子，"我猜想，你带他出来是想让他妈妈消停消停吧。"她说，眼睛里满是好奇和同情。

"一直都是我带的，"他说，接着又情不自禁地补了一句，"他妈妈抛弃了他。"

"天啦！"她惊讶不已，"真是什么样的女人都有，我可丢不下这样的孩子。"

你甚至连目光也离不开他，他恼火地想，开始填入住登记卡。"那些船租吗？"他头也不抬地问道。

"客人免费使用，"她回答，"不过要是淹死了，责任自负。他行吗？他在船上能坐稳吗？"

"他没出过什么事。"雷伯嘟哝着，填好登记卡，掉了个方向递给她。

她看了看，然后目光一扬，又盯起了塔沃特。他隔着几英尺站在毕晓普身后，双手插在口袋里，帽檐拉得低低的，满脸狐疑地打量着四周。她沉着脸，"那个男孩——也是你的吗？"她用笔指着塔沃特问道，似乎难以置信。

雷伯意识到，她一定是把塔沃特当成雇来的导游了。"当然，也是我的。"他立刻回答，声音挺大的，塔沃特一定能听得到。他故意这么大声，是想让塔沃特清楚地明白，他需要他，不管他自己在不在乎。

塔沃特抬起头，和女人对视。紧接着，他上前一大步，将脸逼到女人面前。"你什么意思——他的？"他厉声质问。

"他的，"她退缩一步说，"你看上去一点也不像。"然后，她皱起眉头，好像多看几眼，就能看出他俩很像似的。

"我不是。"说着，他一把夺过她手里的登记卡看。雷伯写的是："乔治·F.雷伯，弗兰克和毕晓普·雷伯"以及他们的住址。男孩把卡片放回桌子上，拿起笔，紧紧地攥着，手指尖都攥红了。他划掉**弗兰克**，用老人那种工工整整的字体在下面写了起来。

雷伯无助地看着女人，耸了耸肩，似乎是说："我的问题还不止一个呢。"然后又耸耸肩，可耸肩最后变成了剧烈的颤抖。他惊恐地发现，嘴角在一阵阵地抽搐。他瞬间产生一种不祥预感，要想拯救自己，就得马上离开，这趟旅行不会有什么好结果的。

女人把钥匙递给雷伯，疑惑地看着他说："从那边的台阶上楼，右手第四扇门，我们没人给客人提包。"

雷伯接过钥匙，踏上左边摇摇晃晃的楼梯。爬到一半时，他停下来，用仅存的一点权威说："上来时拎上包，弗兰克。"

男孩正在给登记卡上的文章收尾，根本没反应。

女人好奇地看着雷伯爬上楼梯，一直看到人影不见了。雷伯双脚走到与她齐眉的高度时，她发现他穿的袜子一只是棕色，一只是灰色的。他鞋子还行，可他每晚很有可能是穿着泡泡纱外套睡觉。他该理发了，目光也怪怪的——就像被困在牢笼里似的。到这里来发神经，她自言自语。然后，她转过头，目光落在两个一动不动的孩子身上。谁又不会这样呢？她自问。

智障儿看来是自己穿的衣服。他头上顶着黑色牛仔帽，身穿卡其短裤，虽说屁股很小，可裤子还是绷得紧紧的。上身穿着黄色T恤衫，看样子最近一直没洗过。脚穿棕色高帮鞋，鞋带也没系。他上身看上去像个老头，下身像个小孩。至于另一个孩子，那个一脸凶相的家伙，又从台子上拿起卡片，审读自己刚才写的内容。他全神贯注，根本没注意到小家伙伸手摸他。小家伙刚碰到他，这个乡下男孩就双肩一跳，猛地挥起被摸的手，插进口袋里。"滚开！"他吼道，"滚一边去，别烦我！"

"你这孩子，不能跟这种人这么说话！"女人嘘道。

他看了看女人，好像她是第一次和自己说话。"哪种人？"他咕哝道。

"就是那种呀。"她说，眼睛狠狠地盯着他，仿佛他亵渎了神灵似的。

男孩回头看了看智障儿，脸上的表情让女人吃了一惊。除了智障儿，男孩似乎什么也没看见，没看见智障儿周围有空气、有房间、有无关紧要的东西，目光仿佛滑进了智障儿的眼睛，落进眼睛中间，而且还在不停地往里面落呀落，一直落下去。不一会儿，智障儿转身朝楼梯蹒跚而去。乡下男孩跟在后面，径直跟着，像是有条拖绳拴着似的。小家伙手脚并用爬起楼梯来，爬一级蹬一下脚，然后又突然转过身，一屁股瘫在那儿，挡住塔沃特的去路。他双脚伸到男孩面前，显然是要男孩帮自己系上鞋带。乡下男孩站在那儿，一动不动。他就跟中了邪似的，弯下腰，犹豫不决地弯起长胳膊。

女人入神地看着。他不会系的，她说，他才不会呢。

男孩俯身开始系鞋带。他皱着眉，满脸火气，系了一只，然后又一只。小家伙聚精会神地看着，完全被吸引了。系好后，男孩站直身体，发火说："快爬吧，别再用鞋带烦我了。"小家伙翻过身，又开始手脚并用地爬了起来，弄得楼梯咚咚响。

看到这番好意，女人很是不解，喊道："喂，孩子。"

她本想问："你是谁的孩子？"可刚张嘴，她又把话给咽了回去，结果什么也没问。男孩转过身，俯视着女人，那眼神犹如天黑前最后一抹日光退去、而月亮尚未升起时湖水的颜色。顷刻间，她觉得自己看见一样东西贴着他的眼睛一飞而过，一道逝去的光线，来无影，去无踪。两人一声不吭，对视了一会儿。最后，女人确信自己什么光线也没看到，便嘀咕一句："不管你想干什么鬼差事，都别在这里干。"

男孩依然在俯视着她。"你光说不做可不行，"他说，"你得要做出来，表现出来。你只有做出来了，才能表明你想做。你要是不想做这件事，就得做另件事来表明。不管用什么法子，你总得有个了结吧。"

"不许你在这儿干任何事情。"女人吃不准男孩在这里究竟要干什么。

"我从未说要来这里，"他回答，"也从未要求眼前有这面湖。"说完，他转身继续上楼。

女人愣愣地看着眼前，看了好一会儿，仿佛看见自个儿的思想浮现在眼前，就像写在墙上的一段莫名其妙的文字。接着，她低头瞧着台子上的登记卡，翻过来。"弗朗西斯·马里恩·塔沃特，"男孩写道，"田纳西，波德海德，**不是他儿子**。"

第八章

三人吃完午饭，教书匠建议大家弄条船去钓一会儿鱼。塔沃特觉察到教书匠又在观察自己了，他那双躲在镜片后面的小眼睛很锐利。自打出发起，教书匠就一直在观察他，不过这会儿方式变了，他在为自己计划要发生的一件事观察他。这次旅行是场精心设计的骗局，不过，塔沃特并未想法躲避，因为他满脑子想着的都是如何保护自己，避开给他设置的更大、更复杂的骗局。到这个城市的头天晚上，塔沃特就彻底看出来教书匠是个无用之辈——充其量只是个诱饵而已，这简直就是在侮辱他的智商。自打那晚起，他就一门心思在和自己面对的沉默无休止地进行抗争。那沉默责令他给小家伙洗礼，立即开启老头为他设计好的人生。

这是一个充满期待的奇特的沉默，好似一个无形的国家，紧紧围着自己，而塔沃特总是在国界线上徘徊，随时有逾越的危险。他们在城里漫步时，他不时地注意侧面，看到自己的身影在一家商店橱窗里紧紧相随，似蛇皮一样透明。身影像个怒气冲冲的幽灵寸步不离。它已越过国界，跑到这边来指责他。要是头扭到另一边，他就会看到智障儿正拽着爸爸的衣服看着他。智障儿嘴角歪着，挂着笑容，可脑门上却是一副严厉的审视神情。除非巧合，否则男孩从来不会看他头顶以下部位，因为那沉默的国度好像又要从他眼睛里反射出来似的。它会在那儿伸展开来，广袤无垠，清晰可见。

其实，塔沃特足有上百次的机会无需碰一下就可以给毕晓普洗礼。每当这种冲动来临时，他都觉得沉默立刻就会围拢上来，使自己深陷其中，永远不能自拔。他本来会沉陷下去，是那个睿智之声救了他——就是那个陪他挖坟、安葬舅舅的陌生人。

这是感觉，他朋友——现在已不再是陌生人了——说道，是感觉嘛。你需要的是一个信号，一个真正的、适合先知的信号。如果你是个先知，人们就该像对待先知一样对待你，这才对。约拿漫不经心时，被困在黑暗的鱼腹里三天三夜，然后被吐到他履行使命的地方。这便是信号，而非什么感觉。

我费尽心血帮你走正道。可你看看你自己，陌生人说——跑进那个上帝妓院，像只猩猩似的坐在那儿，听那个女孩乱侃一通。你指望在那儿看到什么？又巴望着听到什么？我主亲自对先知们说话，可对你，祂一句也没说过，连手指都没翘过，没做过任何手势。这让你内心产生一种奇怪的感觉，这可是你咎由自取，跟上帝可没关系。你小时候肚子里就喜欢长虫，很可能现在又长了。

第一天来到城里，塔沃特肚子里就有了这种奇怪的感觉，感到特别饿。吃了城里的东西，他只会感到四肢无力。他和舅公吃得很好。就算老头没为他做过别的什么好事，至少会把他的盘子堆得满满的。他没有一天早上醒来不是闻到香喷喷的油煎背膘肉的味道。可教书匠呢，根本就不关心他吃什么。早餐，他只是从纸盒里倒出一碗什么薄片；中餐，就用白面包做几个三明治；晚餐，索性把他们带到外面吃。每晚去一家不同肤色的外国人开的馆子，他说这样可以让他了解了解不同民族的口味。塔沃特才不关心其他民族什么口味呢。每次离开餐馆，他都有一种饥肠辘辘的感觉，像是有什么东西闯进了肚子。自打那天早上坐在舅公尸体对面吃完早饭以来，他就一直没吃过什么好吃的，饥饿感成了他肚子里一股挥之不去的沉默的力量，这种体内的沉默与体外的十分相似，他只要稍微动一下，感觉就要掉进那个大骗局里似的，没有给他一点免遭伤害的机会。

塔沃特的朋友很固执，拒绝把饥饿看成是一种信号。他指出，先知们都已经吃饱了。以利亚躺在一棵杜松树下等死。他睡着后，我主派来一个天使叫醒他，给他烤饼吃，而且给他吃了两块。以利亚这样才站起来，靠着这两块饼，挨过了四十个日日夜夜，完成了自己的使命。先知们没有遭受饥饿之苦，因为我主总是慷慨施以食物，向他们发出的信号总是一清二楚。他朋友建议他强烈要求一个明确信号，不是什么一阵饥饿，或是橱窗里蹦出自个儿身影什么的，而是一个清清楚楚、明明白白、实实在在的信号——比如岩石喷水；再比如他一声令下，便大火肆虐，他指哪儿就烧哪儿，比如他跑去唾弃的那个会堂。

在城里第四天夜晚，听完那女孩布道回来后，塔沃特坐到慈善会女人的床上，举起折起来的帽子，似乎在威胁沉默，强烈要求我主给他发出明确无误的信号。

现在让我们来看看你是哪一类先知，他朋友说，了解一下我主心里对你是怎么想的。

第二天，教书匠带他们去一家公园。公园四周满是树木，围得像个小岛似的，汽车不得入内。他们一进去，塔沃特就感觉身上的血液像是凝固了，大气也是一片肃穆，仿佛有人在清洗空气，迎接神启的降临。塔沃特本想转身跑开，可教书匠则坐到一张长凳上，大腿上抱着那个白痴假寐。树木发出深沉的沙沙声。他心灵之窗浮现出那片林中空地。他想象位于两个烟囱之间的空地中央有个黑点，看见自己和舅公的床正从灰烬中升起，烧得只剩下架子了。他张着嘴巴直喘气。教书匠醒了，开始问他问题。

他感到自豪的是,打头天晚上起,他就用黑鬼特有的狡黠回答他的问题,不透露一点信息,一问三不知,每次回答都会惹得舅舅火冒三丈,脸一阵红一阵白,满脸怒火清晰可见。他胸有成竹地应付几个问题后,教书匠愿意接着往前走。

他们向公园深处走去。这时,塔沃特觉得神秘又袭上心头。他本想掉头跑开,可一眨眼神秘就控制了他。小径变宽了,公园中央有块空地出现在眼前。正中间有座喷泉,四周用水泥砌了一圈。里面有个石狮头,水从嘴里喷到下面的浅水池里。看到水,智障儿大叫一声,拍着双臂就奔过去了,就像刚从笼子里放出来似的。

塔沃特非常清楚自己要去哪儿,也完全知道自己要干什么。

"来不及了,活见鬼!"教书匠嘀咕道,"他进去了。"

智障儿咧着嘴站在池中,缓缓地抬起脚,又踩下去,像是很喜欢水渗进鞋里那种湿乎乎的感觉。太阳之前一直躲在云层后面,这会儿出来了,照在喷泉上空。令人目眩的阳光落在毛发蓬乱的大理石狮头上,把它嘴里喷出来的水照得五光十色。然后,阳光像只手,更加温柔地放在小家伙满是白发的头上。孩子的面孔似乎成了一面镜子,阳光驻足打量着自己的影像。

塔沃特向前走去。静谧中,他明显感到紧张。老头或许就潜伏在周围，正屏住呼吸等着看他施洗呢。他的朋友好像也觉得老头就在附近，因此缄默无声，不敢开口。男孩朝前每迈一步，都要用力后退一下，不过没有停止向水池走去。他走到池边，抬脚迈过去。他的鞋刚碰到水，教书匠就一跃而起，奔过来一把拽出智障儿。小孩号啕大哭，撕破了静谧。

塔沃特抬起的脚缓缓地落到池边。他俯身观察水面，看见里面有一张摇曳不定的脸似乎想定型。渐渐地，脸清晰了，不动了，面容枯槁，活像十字架。他发现那张脸的两眼深处流露着饥饿的目光。我不是要给他施洗，他对着静止的脸无声地抛出这句话，我要先淹死他。

那就淹吧，那张脸仿佛说。

塔沃特吓得向后一退。他闷闷不乐地直起身子，离开了。太阳又藏起来了，树枝上满是黑洞。毕晓普四仰八叉地躺在地上哭闹不休，哭得脸通红，都变了形。教书匠站在一旁，盯着什么无形之物，像是收到了神启。

喂，这个信号是给你的呀，他朋友说——太阳破云而出，落在一个智障儿头上。这种事一天发生不下五十次也没人留意。是教书匠救了你，而且救得很及时。凭你一个人，保不准已经干了那事，永远深陷迷途。听着，他说，你可不能把发疯当使命，可不能就这样一辈子愚弄自己。你得守住，挡住诱惑。施洗，你只要干了一次，就得干一辈子。这一次是个白痴，下一次说不准就是个黑鬼。趁现在自己掌握着拯救机会，赶快拯救你自己吧。

但是，男孩依然震惊不已。他向公园深处走去，走在一条几乎难以辨认的小道上，没顾得上听朋友说什么。等他终于醒悟过来、注意到周围时，发现自己坐在了一张长凳上，正低头瞧着脚边两只鸽子在晕头转向地转着圈。凳子另一边坐着一个面色苍白的男人，在不停地打量着鞋上的一个洞。塔沃特坐下后，他转过目光，全神贯注地打量着塔沃特。最后，他伸手扯塔沃特的衣袖。男孩抬起头，看见一双苍白的眼睛，眼珠四周泛黄。

"要学我这样，小伙子，"陌生人说，"不要听那些蠢货告诉你干什么。"他咧嘴狡黠一笑，露出示好的眼神，但满是恶意，令人生厌。他的声音听起来挺熟悉，可模样很恶心，就跟一团污渍似的。

男孩急忙起身离开。他朋友发现，他说的居然和我一直讲的如出一辙，真是个有趣的巧合。你觉得我主在你周围布下了陷阱，哪有什么陷阱呀，其实什么都没有，有的只是你自己布下的。我主并没在考察你，根本就不知道你的存在，就算知道了也不会对你怎么样。你在世上无依无靠，要想询问、感谢、判断，一切都得靠自己，全靠你一个人。当然，还有我。我是绝不会撒下你的。

在切诺基旅馆下车时,首先映入眼帘的景象便是那面小湖。它躺在那儿,静如处子,宛若天镜,映出一个个树冠,照出一望无际的拱形天空,看上去如此清澈纯净,恰似被四个人高马大的天使刚刚放在那儿,供男孩给智障儿施洗。他感到膝盖软弱无力,传到胃部,一路向上,直到下巴,导致面部抽搐。别紧张,他朋友说,你不管走到哪儿都会看到水的,水又不是昨天才有的。但要记住:水的作用可不止一个。时机不是成熟了吗?不是终于到了你该干点啥,干件事来证明自己不打算干另一件的时候了吗?你碌碌无为的样子不该结束了吗?

大厅另一端黑黢黢的,他们坐在那儿吃午饭,经营旅馆的那个女人给他们端菜上饭。塔沃特狼吞虎咽。他全神贯注,一口气吃了六块烤肉面包,喝了三听啤酒,仿佛是在为需要耗费所有体力的长途旅行什么的做准备。雷伯发现,饭菜这么难吃,他胃口居然一下子变得这么好,感觉男孩是在强迫自己暴饮暴食。他不知道喝了这些啤酒,男孩的舌头会不会松弛一些,可到了船上,他依旧还是那副郁郁寡欢的样子。他弓腰坐着,拉下帽檐,皱眉瞪着他的鱼线在水中消失的地方。

不等毕晓普从旅馆里出来,他俩就设法将船划出了码头。那个女人把智障儿拉到冰柜前,从里面取出一根绿色冰棍,一边替他拿着,一边入神地盯着这张神秘的脸。两人划到了湖中央，智障儿才跌跌撞撞地跑上码头。女人追上去，一把抓住他，晚一步孩子就要栽进水里了。

慌忙中，雷伯在船里伸手就去抓，还失声大叫。他随即脸红了，一脸不悦。"别看了，"他说，"她会照看的，我们得休息休息。"

男孩满面阴郁地盯着刚才要出事的地方。怒目中，智障儿变成了一个黑点。女人把孩子转过身来，带回旅馆。"要是他淹死了，也没什么大损失。"他说。

突然，雷伯看见自己抱着软绵绵的智障儿身体站在大海里的情景。他一阵慌乱，赶忙从脑海里删掉这个场景。他随即发现，自己的失态被塔沃特察觉出来了。男孩目不转睛地看着他，那眼神很特别，透着先见之明，似乎马上就能洞悉秘密。

"这种孩子不会有什么事的，"雷伯说，"或许百年后人们掌握了足够知识，知道怎样让他们一出生就安睡。"

男孩脸上的表情似乎很纠结，一会儿认同，一会儿恼怒。

雷伯全身燥热。他竭力克制着，不让自己坦白出来。他探着身子，欲言又止，最后冷冷地说："我曾想淹死他。"说完，他冲着男孩咧嘴一笑，样子十分可怖。

塔沃特嚅动着嘴唇，似乎只有嘴唇能听到，不过他一句话也没说。

"当时精神错乱。"雷伯说。水面上波光粼粼，他每次抬头或看出去，看到炫目的亮光在水面上反射，他都以为是看见了白色火焰。他把帽檐整个儿拉了下来。

"你没这勇气！"塔沃特说，这样讲好像觉得还不够准确，"老头总跟我说，你一事无成，成不了大事。"

教书匠探身，咬着牙说："我对他从不唯命是从，我做到了。可你呢？你做了什么？或许你用最快的办法安葬了他，可要永远违背他的意志，仅凭这一点是不够的。你能肯定，"他说，"肯定自己已经摆脱了他的影响？我看没有。我觉得你的手脚此刻还被他束缚着呢。我想，我要是不帮你，你甭想摆脱他。我觉得，你遇到的诸多问题，靠你自个儿是无力解决的。"

男孩紧锁眉头，缄默不语。

刺目的亮光凶狠地刺穿了雷伯的眼球。这样的下午，他觉得实在吃不消。教书匠按捺不住，要直奔主题。"再回乡下去怎么样？"他吼道，"让你想起了波德海德是不是？"

"我是来钓鱼的。"男孩冷冷地回了一句。

得了吧，舅舅心里想，我是在想方设法救你呢，帮你成为一个正常人。他握着鱼线，上面没有放鱼饵，漂浮在令人目眩的水面上。他觉得像疯了一样，特想说说老头。"我还记得第一次见到他的情景，"他说，"我当时六七岁吧，正在外面的院子里玩。突然，我感到有个东西出现在我和太阳之间。是他。我抬起头，只见他站在眼前，正睁着死鱼般的眼睛，像疯子一样俯视着我。你知道他跟我——跟一个七岁的孩子说了什么?"他竭力模仿老头的声音,"'听着,孩子,'他说,'我主耶稣基督派我来找你,你必须重生。'"他哈哈大笑,眼球暴突,满脸怒气地瞪着男孩。"我主耶稣基督心里非常惦记我,亲自派一个代表过来。灾难是什么?灾难就是我相信了他,而且还信了五六年。我脑子里整天转悠的就是这件事,别的什么也不想。我等待耶稣基督降临。我自以为已获新生,一切都将不同,或者已经不同了,因为我主耶稣对我特别喜欢。"

塔沃特挪了一下坐姿,仿佛是坐在一堵墙后面听似的。

"是那双眼睛吸引了我,"雷伯说,"小孩子很容易被疯子的眼睛吸引,大人能挡住这种诱惑,孩子可不行。孩子容易轻信,真是不幸。"

这句话男孩很认同。"有些可不是。"他说。

教书匠淡淡一笑。"自以为不是的,往往就是。"他说,感觉自己又掌握了主动权。"要抛开它可不像你想的那么简单。知道吗,"他说,"你大脑有一部分总在工作,你自己都没意识到。那里转悠的事情,所有事情,都是你不知道的。"

塔沃特环顾四周,好像要找一个地方下船溜走,可无路可逃。

"我觉得,总体上你是个很聪明的孩子,"舅舅说,"跟你讲的那些道理,我想你能明白。"

"我可不是来听你上课的!"男孩很不客气地回敬说,"我是来钓鱼的。我才不管大脑里面在干吗呢。我做事的时候知道自己在想什么,准备做的话,只做不说。"他声音里隐隐地有股火气。这会儿他意识到,自己吃得实在太饱了,胃里的食物像铅棒一样直往下沉,可与此同时,先前闯入的饥饿感又把它给顶了回来。

教书匠观察他片刻后说:"好了,不管怎么说,洗礼嘛,老头可以不用操心了,我已经洗过礼了。我母亲深受其教养的影响,给我施洗了。但是,七岁就被施洗,给我造成了巨大伤害,留下了一道永远也无法愈合的伤痕。"

男孩突然抬头,好像鱼线被扯了一下。"那边的那个,"他朝旅馆方向扭了扭头,问道,"他还没洗礼吧?"

"没有。"雷伯回答。他细细地打量着塔沃特,心想要是眼下能找到合适的话,或许会有点效果,可以轻松地给他上一课。"我或许是没有勇气淹死他,"他说,"可我有勇气维持自己的尊严,不在他身上折腾一些无用的仪式;我有勇气阻止自己沦为迷信的牺牲品。他天生就这样,不是为什么而生的。我的勇气,"他最后说,"在我大脑里。"

男孩盯着他,满脸漠然、厌恶的神情。

"人的伟大尊严,"舅舅说,"在于敢这样说:我已经诞生了,不再重生。这辈子能为自己和亲朋好友悟出些道理、做点实事，那是我毕生的财富，我心满意足。做人，足矣！"他的声音有些激动。他仔细观察男孩，看看他是不是有些触动。

塔沃特面无表情，将脸转向湖边四周栅栏似的树木。目光所及，仿佛一片虚空。

雷伯重新平静下来，可只有几分钟。烟一抽完，他马上又点上一支。然后，他决定换个话题，把这个讨厌的话题先放一放。"我为下面几周做了个安排，说给你听听，"他几乎是在讨好他，"我们去乘一趟飞机怎么样？"他一直在考虑这个计划，不过藏着没说。他觉得这是自己所能设计的天大的惊喜了，相信男孩一定会兴奋，有助他走出抑郁。

男孩目光呆滞，毫无反应。

"飞行是人类发明的最伟大的工程成就，"雷伯生气地说，"难道这个也触发不了你的想象力，哪怕是一点点？要是这个都不行，我担心你可能有毛病了。"

"我飞过。"塔沃特边说边克制住打嗝。他感到阵阵恶心，而且还在不停地往外冒。他注意力全在这上面了。

"你怎么会飞过呢？"舅舅恼火地问。

"他和我花了一美元在一个集市上飞过！"他说，"房子活像火柴盒，人就跟细菌似的根本看不见，我才不会拿东西和你交换去乘什么飞机呢。秃鹫都会飞。"

教书匠抓住两边的船舷往前推。"他把你整个人生都扭曲变了形!"他嘶哑地说,"你要是不肯让人帮你,长大后你就会成为一个怪人。他教你的那些废话,你至今还信以为真。你满肚子的罪恶感都是假的。我看你就像看书一样,清清楚楚!"这席话他脱口而出。

男孩瞧也不瞧他一眼。他俯身探出船舷,瑟瑟发抖。他呼出一口热气,在水面上变成一个圆圈,发出酸酸甜甜的味道。一阵晕眩袭过,大脑随之清醒起来。贪婪和空虚穿心而过,好像要夺回自己的合法地位。他掬起一捧湖水,漱了漱口,然后用袖子擦擦脸。

男孩举动如此妄为,雷伯看了直发抖。他敢肯定,就是因为说了罪恶一词才把他弄成这样。他把手放到男孩膝盖上说:"现在感觉好些了吧。"

塔沃特缄默不语,眼圈发红,泪汪汪的眼睛瞪着水面,似乎弄脏湖水很开心。

"实际上,"舅舅趁势说,"把东西从大脑里挤出来,就跟从胃里吐出来一样,会有如释重负之感。你遇到麻烦,就跟别人说,这样麻烦就不会烦你了,也不会钻到你身体里让你感到不适。别人会分担你的压力。上帝啊,我的孩子,"他说,"你需要帮助,需要拯救,就在此时此地,帮你摆脱老头,摆脱他所代表的一切。我就是那个可以拯救你的人。"他把帽檐全部翻了过来,一副狂热的乡村牧师模样。他目光闪烁。"我知道你的问题,"他说,"我很清楚,而且还能帮你。有样东西在你心里折磨你,我可以告诉你这东西是什么。"

男孩一脸厌恶地看着他。"你就不能把大嘴巴给我闭上?"他说,"你干吗不把那个耳塞拔出来把你自己关掉?我是来钓鱼的,不是来和你做买卖的。"

舅舅"啪"的一下,将手头上的香烟弹到水里,发出"嘶"的一声。"每一天,"他冷冷地说,"你都让我越发想起老头,你和他一模一样,未来也跟他差不多。"

男孩放下鱼竿。他故意动作僵硬地抬起右脚,脱掉鞋子,随后又抬起左脚,脱掉另一只。接着,他又猛地扯起工装服背带,从肩上往下拽,拽到屁股那儿脱了下来。里面穿的内裤是老头的,又长又瘦。他把帽子往下拉拉紧,免得掉下来,然后纵身一跃,从船上跳到水里游走了。他紧握双拳,使劲砸向明镜般的湖水,好像是要把湖水砸痛,砸出血来。

我的上帝啊!雷伯想,我这次可是戳到他的神经了!他紧紧地盯着水花中渐渐远去的帽子。空落落的工装服瘫在他脚下,他抓起来,摸摸两边的口袋,摸出两块石头、一枚五分硬币、一盒火柴以及三根铁钉。他来时带了新西装和衬衫,摊开放在椅子上。

塔沃特游到码头,爬了上去,内裤紧紧地贴在身上,帽子依旧牢牢地卡在脑门上。他回过头,正好看见舅舅把工装服揉成一团扔进水里。

雷伯觉得自己像是刚刚穿过了一片雷区。他突然担心自己可能犯了一个错误。清瘦的身影僵硬地站在码头上，一动不动，看上去活像一根柱子，跟幽灵似的，怒不可遏，一触即发，一时间赫然显现，形成一股纯粹的无尽激情。男孩转过身，迅速朝旅馆跑去。雷伯想，自己最好还是在湖上待一会儿吧。

教书匠踏进旅馆，惊讶地发现塔沃特穿着新衣服，正躺在远处的小床上。毕晓普坐在床的另一头，看着他，仿佛被塔沃特如钢铁般明亮的、直视的目光给催了眠似的。男孩穿着花格子衬衫和新的蓝裤子，看上去仿佛换了个人，一半是原来的他，一半是新的他，整个人已经有一半恢复正常了。

雷伯小心翼翼地为之一振。他提着鞋子，里面装着从工装服口袋里掏出来的东西。他把鞋子放到床上，说："别为这身衣服不开心啊，老朋友，我做主买的。"

男孩整个人儿露出奇怪、而又谨慎的兴奋之情，仿佛自己开始了一项势在必行的行动。他没起身，也没理会鞋子，但瞪了眼前的舅舅，闪烁的目光动了动，落在舅舅身上，随即又挪开了，好像教书匠在不在，他都不放在眼里。接着，他又露出胜利者的无畏表情，回头看着毕晓普，直视他的眼珠子。

雷伯困惑地站在门口。"谁想去开车兜兜风呀?"他问。

毕晓普从床上一跃而起,立刻跑到他身边。小家伙突然从视野中消失,塔沃特一惊,可没起来,也没转脸看一眼门口的舅舅。

"好吧,我们让弗兰克独自思考吧。"说着,雷伯拉着毕晓普的肩膀,将他转过身来,带着他匆匆离去。他之所以急忙离开,是怕男孩改变主意。

第九章

路上没有湖上那么热。雷伯开着车,觉得精神焕发,这种感觉是塔沃特来到他这里五天来从未有过的。看不到男孩,他觉得空气中的压力一下子就没了。他从大脑里删掉那个令人不快的身影,只保留其可以提取的、纯洁的部分,用于自己想象中的那个未来青年形象。

天空纤云不染,碧空如洗。他本想回旅馆前停下来加油,明天好开到波德海德,可最终还是漫无目的地朝前开。毕晓普把身子探出窗外,张着嘴,让空气吹干舌头。雷伯不自觉地伸手锁上车门,抓住孩子的衬衫,将他拽回车里。小家伙坐在那儿,煞有其事地扯下帽子套到脚上,随后又拿起来,戴到头上。折腾一会儿后,他爬过椅背,钻进后面的座位里,不见了。

雷伯接着思考塔沃特的未来。早做打算是有好处的,只是男孩真实的面孔时不时地会闯进他的计划里。这张突然闯入的面孔，让他想起了妻子。他现在很少再想起她。她不肯离婚，是害怕小孩判给她监护。她现在尽可能躲得远远的，跑到日本，搞什么慈善。他很清楚，能摆脱她是自己的福分。是她不肯让他回去把塔沃特从老头那儿救出来。要是那天他们去波德海德跟老头交涉时她没看见这个孩子，没准她会欣然接纳的。当时，孩子爬进门，爬到老塔沃特身后坐下来，看到老头举枪击中雷伯的腿，接着又击中耳朵，眼睛眨都不眨一下。她全看在眼里，雷伯可没注意。那张脸她怎么也忘不了。这不是因为孩子又脏又瘦，面色灰暗，而是因为老头开枪时，他的表情和老头子一样的漠然。这一幕对她冲击不小。

要是孩子脸上没有那样令人厌恶的表情，她说，出于母爱的本能，她会冲上去一把抱起孩子。到那儿之前，她心里就这么打定主意了，即便面对老头的猎枪，她依然会毫无畏惧地这么做。可是，孩子这番表情一下子打消了她的热情，那表情与一切可爱的神情截然相反。她厌恶至极，难以言表，因为这种情绪不合常理。她说，这是成年人的表情，不该是孩子的，是成年人病态执念的表现。那张脸她在中世纪的油画中见过，画面中有人正在锯掉殉难者的四肢，可他脸上的表情显示，锯肢无足轻重。看到门口的孩子，她感到，即便孩子那会儿知道自己美好的未来被人窃走了，表情也不会发生什么变化。在她看来，那张脸显示的是人类严重的变态，深重的罪孽，面对显然是自己的利益，依然一脸漠然，拒不接受。教书匠本以为，这一切纯属她的想象，现在他明白了，这不是想象，而是事实。她说，她无法跟这种脸住在一起，保不准她还在想法子灭了这傲慢的神情呢。

教书匠不无嘲讽地想，毕晓普脸上可没这样傲慢的表情，但她依旧不能忍受他的脸。小家伙从后座上爬起来，探身向他耳朵里吹气。她有耐心，又受过训练，已经做好准备照顾这类特殊孩子，可毕晓普这么特殊的孩子不行，因为他和她同姓，又长着一张"那个可怕老头"的脸。过去两年里她回来过一次，要教书匠把毕晓普送进机构里，说他照顾不好他，可小家伙的模样清楚地表明，他长得就像落地生根[1]似的，结结实实的。一想起自己当时的举动，他就自鸣得意。他一拳下去，她便飞出差不多半个房间。

那个时候他就已明白，自己能不能稳定就指望这个孩子了。只要他倾注于毕晓普，他就能控制住他那可怕的爱，可这孩子要是发生什么不测，他就不得不面对这份爱了。那么，整个世界便会变成他的智障儿。假如毕晓普果真发生什么，他想过自己该怎么办。他要竭尽全力，不承认发生不测；要发动每一根神经、每一块肌肉、每一个念头，绝对阻止自己感知任何

---

1 一种植物。

事情，思考任何问题；要麻醉自己的生命。他摇摇头，不去想这些不愉快的事情。可打发后，这些念头又一个接着一个跑了回来。他感觉有一股邪恶的力量在控制自己的意识，一种熟悉的期望在暗流涌动，好像自己依然是那个在等候基督的小孩。

车子好似长有意识，自行拐进了一条土路。这条路那么熟悉，一下子把教书匠从胡思乱想中给拉了回来，一点征兆也没有。他踩下刹车。

这是条狭窄小路，坑坑洼洼的，两边是深红色的路基。他看了一眼四周，很是恼火，今天压根儿也没想要来这里呀。车停在一个山顶上，两边的路基像个入口，通向他冒险才能驶入的某个地方。他看过去，只见土路前面全是下坡，有四分之一英里左右，随后拐弯消失在一片林子边。第一次走这条路时，他是倒着坐在车上。当时，一个黑鬼赶着骡车，到路口来接他和舅舅。他们坐上骡车，双脚吊在车后荡来荡去。他几乎是一路弯着腰，低头观看车轮碾压骡子留在泥土里的蹄印。

他最终觉得，今天过来看看这个地方还是明智的，这样明天带男孩来就不会有惊讶之感了。不过，他停在那儿，有好一会儿一动未动，前面的路还有四五英里，然后还伸进了树林，得走过去，并且要穿过田地。想到今天走了，明天还得要走，要走两遍，他很是不开心。实际上，走一遍他也不乐意。接着，他好像不愿思考下去似的，狠命一脚踩下油门，一脸不屑地开了起来。毕晓普又蹦又跳，尖叫不断，莫名其妙地发出一个又一个兴奋的叫声。

快到尽头时，路变得更窄了。他很快发现，自己驶上的这条路，充其量只是一条马车道，路面上还有一道道车辙印，他几乎开不起来。最后，他开到一块空地时只好停下来，只见地上长满了石茅高粱和黑莓灌木，几乎把路面全给占了，而且边上还有树林。毕晓普从车里跳出来，奔着黑莓灌木就去了，上面嗡嗡作响的黄蜂吸引了他。见他伸手就要抓，雷伯急忙跳下车，一把将他给拽了回来。他小心翼翼地摘了一个黑莓递给他。小家伙打量半天，耷拉着嘴，笑着还给了他，两人像是在举行什么仪式似的。雷伯一把扔掉，转身便去找林中小径。

他拉住孩子的手，拽着朝前走，感觉马上就可能走出一条路来。周围的树林越来越高，显得神秘而又陌生。要下来和我舅舅的影子说话？他生气地想，怀疑老头烧焦的骨头是不是还躺在灰里。想到这一点，他几乎不肯走了。毕晓普气喘吁吁，几乎走不动了。他张着嘴，抬头仰望，仿佛置身一座庞大无比、高耸入云的大厦下。他帽子掉了下来，雷伯捡起来，又紧紧地卡到他头上，拽着他继续朝前走。寂静中有只鸟在他们下面突然发出四声清脆的叫声。小家伙立刻停住脚，屏住呼吸。

雷伯突然明白，带着毕晓普，他是不可能走到头的，也无法穿过田地。明天带着另一个孩子来，他可以聚精会神，兴许能走过去。他记得，就在这附近有个地方，透过两棵树可以看到下面的空地。他第一次和舅舅穿过这片林子时，两个人就停在那儿，舅舅指着下面，远远地看见田野那边有栋房子，七倒八歪的，墙面也没粉刷，院子里空空如也，地面硬邦邦的。"瞧那儿，"舅舅说，"有一天那些都是你的——树林、田地、还有那精致的房子。"他记得，当时心一阵狂跳，真是不可思议。

雷伯猛然意识到，这个地方是他的。他当时一心想着要讨回孩子，压根儿也没去想什么财产的事。他停下来，想到这一切都是他的，十分惊讶。这些树都是他的，高耸挺拔、庄严冷漠，仿佛某个会社社员，从创世起就一直忠心耿耿地守护在这里。他心脏狂跳不止。他迅速估算了一下这片林子大概有多少英尺木材，可以供男孩上大学了。他立刻兴奋起来。他拽着孩子一路向前，想找到那块可以看见那栋房子的空地。没走几码，一片天空便忽然出现在眼前，就是那个地方。他松开毕晓普，大步流星地奔了过去。

那棵权树他很熟悉，或者说似乎如此。他手撑着树干，探身张望，凝视的目光快速地飞来扫去，飞过田地，突然停在房子的旧址上。两根烟囱立在那儿，中间是一堆黑乎乎的碎石。

雷伯面无表情地立在那儿，心头莫名其妙地一阵绞痛。即使骨头还躺在灰里，这么远他也看不到，不过老头很久前的模样浮现在了眼前。他看见老头站在院子边，抬手跟他打招呼，一脸惊讶，而他隔着一段距离站在田里，紧握双拳，想大声吼叫，用简单明了的语句，清清楚楚地吼出自己青春的怒火，结果只吼出了"你是疯子，疯子，你是骗子，是屎脑瓜子，应该关进疯人院！"这么几句。吼完后，他转身就跑，什么也想不起来，只记得老头脸色"唰"地一变，突然坠入某种神秘的痛苦之中。此后，这个痛苦的神情一直缠绕着他，永远也抹不掉。他盯着两根光秃秃的烟囱时又目睹了这一切。

他感觉有件东西压着手，低头一瞧，又见到那个神情，几乎没注意到眼前见到的换成了毕晓普。小家伙要他抱起来看。他心不在焉地将他抱起来，放到树杈上看外面。小家伙表情麻木、呆滞，眼神空洞、灰暗，雷伯感觉同田野那边满目疮痍的景象毫无二致。看了一会儿，孩子扭头盯着他。一种可怕的失落感袭上心头。他意识到，这儿不能再逗留下去了。他领着孩子转过身，快步穿过树林往回走。

回到公路上，雷伯紧握方向盘，表情凝重地开着车，心里老是惦记着塔沃特的问题，这个问题不解决，遭受影响的仿佛不仅是男孩的救赎，还有他自己的。他去波德海德太早了，计划全搞砸了。他明白，那儿是不能再去了，得另想法子。他回想了一下自己下午在船上的所作所为，感觉自己那样做才对路，只不过做得还远远不够。他决定把一切跟男孩和盘托出，而且不争不吵，只是告诉他，用大量朴素的语言跟他讲，说他得了强迫症，说清楚这是什么毛病。男孩不管搭不搭腔，合不合作，都得听着。他心里在想什么，有人一清二楚，而且还能善意地加以理解，这个事实他是无法回避的。这一次，雷伯要把一切直截了当地跟他说清楚，至少应该让男孩明白，他没有任何秘密可言。吃晚饭时，雷伯偶尔会从他脑子里抓出强迫症，放在灯光下，让他自个儿好好瞧瞧。至于怎么做，那就要看他自己了。突然间，雷伯觉得一切似乎都变得再简单不过了。要是一开始就这么做就好了。只有时间能够化繁为简，他心想。

开到一家刷着灰泥的粉色加油站，雷伯停下来加油。站里还出售陶瓷和陀螺。加油时，他下车看看有没有东西好买回去，作为和好礼物，因为他想为这次交锋尽可能创造一种愉快的气氛。他浏览货架，有假手、假龅牙、一盒盒可以放在地毯上的假狗粪、烙着愤世箴言的木匾等。最后，他看见一个可以手握的组合式螺旋开瓶器。他买下来，走了。

他们回到房间时，塔沃特还躺在小床上，表情极为平静，仿佛他们离开到现在，眼睛都没眨过。雷伯又见到了他妻子一定见过的那张脸，瞬间厌恶起男孩来，这一感觉让他不寒而栗。毕晓普爬到小床床头，塔沃特平静地回视小家伙，似乎没意识到雷伯也在房间里。

"我饿死了,给我一匹马都能吞下去!"教书匠说,"我们下楼吧。"

男孩扭头看着他,表情平和,可兴趣索然,好在没有敌意。"在这里吃,"他说,"你就会吃到一匹马。"

雷伯听了一脸不悦。他掏出开瓶器,随手丢到男孩胸前。"这个你或许用得着。"说着,他转身到水盆前洗起手来。

男孩从镜子里看到自己小心翼翼地拿起开瓶器,看了看。他从环里拔出开瓶器,随即想了想,又推了回去。他前后打量一番,放到掌上,跟一枚五角硬币似的。随后,他勉强说了一句:"这个我用不着,不过还是谢谢你。"说着,便放进了口袋。

他的注意力又回到毕晓普身上,似乎这才是他自然要关注的。他一只肘撑着身体,眯起眼睛目不转睛地盯着小家伙。"给我起来,你。"他慢吞吞地说,就跟使唤一只被他驯服的小动物一样,语气沉稳,可像是在试探什么。语气里的敌意似乎藏了起来,直奔既定目标。小家伙全神贯注地看着他。

"跟你说了,起来。"塔沃特又慢吞吞地说了一遍。

小家伙乖乖地从床上爬了下来。

滑稽的是,雷伯心生一阵妒忌之痛。他站在一边,眉头紧锁,闷闷不乐,而男孩则一言不发地走出房门,毕晓普尾随而去。过了一会儿,雷伯将毛巾扔进水盆,也跟了出去。

经营旅馆的女人在大厅另一端放了一台自动点唱机,有四对舞伴在那儿跳舞,将旅馆跺得直晃。他们三人在一张红色铁皮桌旁坐了下来。声音太吵,雷伯关掉助听器,等不吵了再开。他气呼呼地环视四周,对这种侵扰一脸不满。

跳舞的人跟塔沃特差不多大,不过人种跟他可能截然不同。只能从紧身裙、光着的腿才能分辨出女孩来,她们的脸蛋与发型和男孩如出一辙。他们跳得很狂热,很认真,很专注。毕晓普看入了迷。他站在椅子上,伸着头,好像随时都会掉下来似的。塔沃特目光暗淡、冷漠,对他们视而不见,他们只是些从他眼前嗡嗡飞过的虫子而已。

音乐停了下来,那帮跳舞的摇摇晃晃地回到桌边,瘫倒在椅子里。雷伯打开助听器,毕晓普的尖叫声钻进了他的大脑,他不由得蹙起眉头。小家伙站在椅子里又蹦又跳,失望地又吼又叫。跳舞的看着他,他不响了,呆头呆脑地站着,张着嘴,愣愣地盯着他们。他们一脸不悦,一言不发,感觉遭到了冒犯,一副震惊神情,仿佛被造物主犯的错误给骗了,造物主本该不等他们看到,就把这个错误纠正过来。雷伯真想冲过房间,抡起椅子,对着他们的脸尽情地砸过去。那帮人闷闷不乐地站起来,互相推搡着走出去,挤进一辆敞篷车,绝尘而去,车轮溅起一阵石子,怒气冲冲地砸向旅馆的墙壁。雷伯舒了一口气,仿佛这口气是尖刀似的,会伤着他。随后,他目光落到了塔沃特身上。

男孩直视他，无所不知似的笑了笑，笑容虽浅，却清晰可见。这种笑雷伯以前在他脸上见过，似乎是嘲笑，发自他内心不断加深的认知。这种认知越接近他的秘密真相，就越显得冷漠。毫无征兆地这种表情的含义刺中了雷伯，令他怒火中烧，一时间气得全身没了力气。滚，他真想大吼一声。你这张该死的、无礼的面孔，从我眼前滚开！滚到地狱去！滚去给全世界人施洗吧！

那个女人在雷伯身边站了一会儿，等他们点餐呢，可他视若不见。她用菜单轻轻地敲着杯子，然后放到他面前。他看也没看就说："三份汉堡。"说完，把菜单扔到了一边。

女人走开后，雷伯沙哑地说："我想和你摊牌。"他搜寻男孩的目光，看到里面闪烁着怨恨，他努力保持平静。

塔沃特看着桌子，好像真的在等他摊牌似的。

"我是说我想和你开诚布公地谈谈。"雷伯竭力控制语气，不让怒火发出来。他极力让自己的眼神和语气，跟他的听者一样漠然。"我有事要跟你说，你好好听着。听完后怎么做，那是你自己的事。我不想再费神告诉你怎么做。"他声音不大，可听上去很清脆，像在读报似的。"我注意到了，你已经能直视毕晓普的眼睛了。这很好，说明你在进步，不过你不要因此就以为自己摆脱了那个东西的折磨。还没呢，老头依然把你攥在手心里呢。别幻想了,他不会撒手的。"

塔沃特看着他,依然是那副无所不知的神情。"种子是埋在你的身上,"他说,"你无计可施。种子落在坏土上,可埋得很深。我的嘛,"他得意地说,"是落在磐石上,被风吹走了。"

教书匠抓住桌子,像是要推过去撞击男孩的胸口。"去你的!"他气喘吁吁,刺耳地说,"种子落在我们两个身上。不同的是,我知道它埋在我的体内,可我将它控制住了,而且拔了出来。而你呢,视而不见,不知道在自己的体内,甚至连什么在指挥自己的一言一行都不知道。"

男孩生气地看着他,可一声未吭。

最起码,雷伯心想,我把他脸上的那副神情给打掉了。他沉默片刻,想想接下去该怎么说。

女人端着三个盘子回来了。她慢悠悠地放下盘子,好借机瞅瞅他们。男人脸上汗津津的,满是倦态,男孩也是如此。男人狠狠地瞪了她一眼,立刻吃了起来,像是完成任务似的。小家伙剥开圆面包,舔掉上面的芥末。而另一个男孩只是看着自己的那份,仿佛里面的肉坏了似的,碰也没碰。女人转身离开,走到厨房门前,又愤愤地看了他们一会儿。男孩最终拿起了汉堡,可还没塞到嘴里就又放了下来。他拿起、放下,重复了两次,一口也没吃。随后他拉下帽檐,抱着手臂,坐在那儿。她看得没劲了,关上了厨房门。

教书匠隔着桌子探过身体，目光炯炯，直勾勾的。"你吃不下，"他说，"是因为有东西在吃你，我来告诉是什么东西。"

"蛔虫呗。"男孩小声愤懑地说，厌恶之情，似乎难以抑制。

"想听，还得要有胆量。"雷伯说。

塔沃特探过身子，非常认真地看着他。"没啥我不敢听的。"

教书匠重新坐下来。"是吧，"他说，"那你听好了。"他抱起胳膊，看了男孩几眼，然后冷冰冰地说了起来："老头托你给毕晓普施洗，你奉为圣旨，牢记在心，可这个命令就像块巨石，挡住了你前进的道路。"

男孩的脸上渐渐没了血色，可依然目不斜视，怒视着雷伯，不过光芒没了。

教书匠字斟句酌，说得很慢，犹如在寻找最稳当的石头，蹚过一条湍急的溪流。"为毕晓普施洗这个强迫意念一天不除，你就一天也不会进步，就无法变成正常人。我在船上说你会变成一个怪人，我不该那样说。我只是想告诉你，你可以选择。我要你看到这个选择，要你进行选择，而不是被那个你不明不白的强迫意念任意摆布！"他说，"你得明白是什么东西挡住了你。我不知道你是不是很聪明，能否听明白我的话，明白这一点可不容易。"

男孩的脸看上去又枯又老,仿佛早就明白了似的,如今已成为他的一部分,犹如自己血液里的死亡之流。面对事实,男孩哑口无言。教书匠动容了,怒气也消了。房间里鸦雀无声。一抹粉色光线透过窗子反射到餐桌上。塔沃特将视线从舅舅身上挪开,转向毕晓普。小家伙的头发呈现出粉红色,比其面色还要柔和。他正吸着汤勺,两眼汪汪的,一声不响。

"给你两个解决方案,"雷伯说,"选哪个,你自个儿定。"

塔沃特又看了看他,目光里没有嘲弄,也没有光芒,当然也没有什么期待,他似乎已经确立了行动方针,不可改变。

"洗礼只是一种毫无意义的行为!"教书匠说,"如果真有什么办法能够重生,那这个办法也是自我完成的,这是一种需要花费很长时间,或许还要耗费很大力气才能完成的对自身的了解。洒两滴水、祷告两句,天上是不可能掉下这个办法来的。你想做的事毫无意义,所以最简单的办法,就是直接去做,就在这儿,就现在,就用这杯水。我不拦你,要是这样做能了却你心事的话。依我看,你可以马上给他施洗。"说着,他把自己的那杯水从桌子上推过去,不急不躁,满脸嘲讽。

男孩瞥了一眼杯口就挪开了目光,搁在盘边的手动了动。他将手塞进口袋,移开视线,看向窗外。他整个人似乎都在颤抖,仿佛有人在危险地挑战他正直的品格。

教书匠挪回杯子。"我知道,对你来说这太简单了,"他说,"我明白,凡是与你表现出来的勇气不相称的事情,你都不肯去做。"他举起杯子,喝掉剩余的水,又放回桌子上。他看上去疲惫不堪,快要垮了,那疲惫相仿佛是刚刚登上攀爬了数日的山顶。

停了片刻,他又说:"另一个办法就不那么简单了,这个是我给自己选的。这个办法只有通过自身的努力及智慧自然获得重生后才可以选择。"他断断续续地说,"另一个办法很简单,就是直面、抗争,一看它露头,就要像割草一样割掉它。你这么聪明,这一点还需要我跟你解释吗?"

"你什么也不用解释。"塔沃特咕哝说。

"我没有给毕晓普施洗的强迫症,"雷伯说,"我自己的强迫症更复杂,不过原则是相同的,我们必须与之抗争的方法也是一样的。"

"不一样!"塔沃特反驳说。他转向舅舅,眼中又出现了那个光芒。"我会将它连根拔起,一了百了。我可不像你,我会采取行动。你呢,总在想可以的话自己能做什么。我可不想,我直接干,直接行动。"他看着舅舅,一脸全新的轻蔑表情。"我跟你截然不同。"他说。

"每个人的行为都是由一些法则决定的,"教书匠说,"你也不例外。"他异常清楚,自己对这个孩子毫无感情,惟有恨,连看都不想看一眼。

"等着瞧吧。"塔沃特说,似乎用不了多久就能证明一样。

"经验是个很可怕的老师。"雷伯感叹。

男孩耸了耸肩,站了起来。他离开桌子,穿过房间,站到纱门前看着门外。毕晓普旋即从椅子上爬下来,一边戴着帽子一边跟了过去。见小家伙走上来,塔沃特愣住了,不过没躲开。雷伯注视着两个孩子肩并肩地站在那儿面对外面——两个人影都戴着帽子,有些老相。他不在身边,两个孩子紧紧地站在一起是需要勇气的。他吃惊地发现,男孩伸手搁到毕晓普帽子下面的后脖上,打开门,带他走了出去。雷伯突然意识到,他说的"采取行动"就是要把小家伙变成奴隶。毕晓普会像条忠实的小狗,任凭他摆布。他想控制他,而不是回避他,要证明谁才是主人。

我才不会允许呢,雷伯说。要说谁能控制毕晓普,那只有他自个儿。他把餐费压在桌上的盐瓶下,跟了出去。

明亮的天空呈现着粉红色,投下诡异的光线,将每一种颜色都变得更浓了。碎石里长出的小草,根根看起来都像是鲜活的绿色神经。世界仿佛在蜕去旧皮。两个孩子在前面慢慢地朝码头走去,塔沃特的手依然搁在毕晓普的脖子上。可雷伯感觉领路的倒像是毕晓普,仿佛是他俘获了塔沃特。雷伯不怀好意地窃喜,男孩一意孤行,信心十足,迟早会吃苦头的。

走到码头尽头,他们停下来俯视下面的湖水。令雷伯懊恼的是，男孩随即抓住小家伙的腋下，像麻袋似的举起来，放进了拴在码头下面的船里。

"我可没有允许你带毕晓普划船去呀。"雷伯说。

塔沃特可能听到了，也可能没听到，总之没搭腔。他坐在码头边，越过湖面，朝对岸观望了一会儿。湖面远端，有半个红球悬在上方，几乎一动不动，就像是拉长的、被树林拦腰斩断的太阳的另一端。一朵朵粉红色和浅橙色的云团，在水里飘荡，深浅不一。突然间，雷伯只想一个人待上半个小时，不愿看见他们。"你可以带他去，"他说，"不过要小心，要照顾好他。"

男孩一动未动。他向前倾着身子，拱着单薄的双肩，双手紧紧攥着船坞边缘。他保持这样的姿势站在那儿，似乎在准备采取一个重要行动。

他跳进船里，和毕晓普待在了一起。

"你会照看好他吗？"雷伯问。

塔沃特的脸活像一张古老的面具，毫无血色，干瘪枯槁。"我会看好他的。"他说。

"谢谢！"舅舅说，对男孩涌起一股短暂的暖意。他走下码头，向旅馆悠闲地走去。到门口时，他转过身，看见小船划入湖面，清晰可见。他挥挥手，可塔沃特没有表现出一点看到的样子。毕晓普背对着他，戴着黑帽的小小人影坐在船里，像一个乘客，正由一个古里古怪的船夫载着划过湖面，划向某个神秘的目的地。

回到房间，雷伯躺倒在小床上，想体验一下下午开车出去时在车里的那种放松的感觉。和男孩在一起，他感到处处都是压力，没有别的。这种压力一旦解除，哪怕只有片刻，他也会感受到，这个压力多么难以忍受。他躺在床上，一想到那张面无表情、桀骜不驯的脸又要出现在门口，厌恶之情便油然而生。他想，接下来的这个夏天，他都得面对这个冷若冰霜、桀骜不驯的家伙。他开始盘算这家伙有没有可能自愿离开。想了一会儿，他发现，自己正巴不得男孩这么做。他不再感到重造男孩的任何压力。眼下，他只想摆脱他。想到自己要和男孩一辈子搅在一起，便不寒而栗。他不由得想，怎样才能把他尽早给打发走呢？他很清楚，只要毕晓普在身边，男孩就不会离开。他突然闪过一个念头，把毕晓普送到某个机构去待上几周。想到这，他打了个寒颤，急忙改想别的事情。他打了一会儿盹，梦见自己带着毕晓普驱车飞驰而去，安然躲过了直逼头顶的龙卷风般的云团。梦醒后，他发现房间越来越暗。

他爬起来走到窗前，看见两个孩子坐在船里，差不多漂浮在湖中央，一动不动。他俩面对面地坐在里面，孤零零地困在水中。毕晓普矮小、敦实，塔沃特憔悴、精瘦，身子微微前倾，全神贯注地注视着面前的人。两个人像是被磁场吸住了，一动不动。天空呈现出深紫色，仿佛马上就要爆炸，变成一片黑暗似的。

雷伯离开窗前，又一头扎进小床，不过睡意全无。他有一种奇特的感觉，觉得在等候，在挨时间。他闭目躺着，仿佛在听只有摘下耳机才能听到的东西。早在孩提时代，他就有了这种等待感，感觉的程度与现在相差无几，只是内容不同而已。他期待这个城市能兴旺发达，变成永恒的波德海德。现在，他觉得自己是在等待一场浩劫，等待整个世界变成两根烟囱之间那块焦土。

他要做的就是观察，是静心的等待。他历经生活磨难，即便生活要毁灭，他也没什么好怕的。他对自己说，即使自己翘辫子了，他也无所谓。他似乎觉得，这种漠然正是人类尊严能够达到的最高境界。此时，他忘却了自己的种种过失，就连今天下午的侥幸逃脱也忘了。他觉得自己已经进入了这种境界：不知不觉，方可心静如水。

他心不在焉地看着一轮红红的圆月升起，照到窗子下面，恰似太阳在那个倒过来的半球上升起。他打定主意，男孩一回来就对他说，毕晓普和我今晚回城，你也可以跟我们一道回去，可条件是：你不是现在**开始**合作，而是要合作，要全面、彻底的合作；你要改变态度；你要同意接受测试；你要准备秋天去上学；你要摘掉那顶帽子，现在就摘下来扔到窗外，扔进湖里。你要是不接受这些条件，那我就只好带毕晓普一人回城了。

雷伯可是花了整整五天才变得这么清醒。想起男孩来的那天晚上，自己愚蠢的情感。他还想起自己坐在床边，想着自己终于有了一个拥有未来的儿子。他发现自己又在跟着男孩走街串巷，最后来到一个讨厌的会堂，看见自己白痴似的身影，头伸进窗子，站在那儿聆听那个疯孩子布道。真是不可思议。就连带塔沃特回波德海德的那个计划，现在看来也是可笑至极，而今天下午去波德海德，同样是荒谬不已。他犹豫不决，举棋不定，满腔热忱，现在看来全都荒唐可笑，令人汗颜。他觉得，经过五天神经病似的生活，现在终于恢复常态了。他甚至等不及了，恨不得他们立刻就回来，好让他发布这个最后通牒。

雷伯闭上眼睛，把那个情景在脑子里仔细过了一遍，看见那张脸郁郁不乐，陷入困境，那双傲慢的眼睛不得不低垂下来。现在，主动权在他手里，因为不管男孩是走还是留，他都漠不关心，或者说他并非无动于衷，而是很想男孩离开。想到自己还没有冷漠透顶，他不由得笑了。不一会儿，他又睡着了，又梦见自己和毕晓普飞车逃命，龙卷风在后面穷追不舍。

再次醒来后，月亮已经爬到了窗子中央，上面的红色不见了。他一下惊跳起来，仿佛月亮是一张顺便来访的脸，一个面色苍白、气喘吁吁地赶来拜访的信使。

他起床走到窗前，身体探出窗外。天黑了，空洞洞的。月光下，湖面空无一人。他身子探出更远，眯起眼睛，可依然是什么也没看见。万籁俱寂让他惴惴不安。他打开助听器，脑袋立刻嗡嗡作响，蟋蟀声、树蛙声不绝于耳。他搜寻夜色下的小船，连影儿都没见着。他望眼欲穿。随后，就在浩劫即将降临之际，他抓住助听器的金属盒，就跟攥住自己的心脏一样。一声清晰的嚎叫打破了寂静。

他纹丝未动。机器捕捉到远处绵延不绝的拼命挣扎声，他依然一动不动，呆若木鸡，面无表情。号啕声停了又起，接着便是不绝于耳，越嚎越响。机器里的这声音，听起来就像是发自他心里，仿佛有什么东西正拼了命似的要从里面冲出来，要自由。他紧咬牙关，脸上的肌肉绷得铁紧，显出比肌肉下面的骨骼还要硬的痛苦线条。他绷紧下巴，不让自己发出一点叫声。有一点他十分清楚，而且确定无疑，那就是，不能发出任何叫声。

号啕声一会儿高，一会儿低，然后拼尽全力，长嚎一声，便没了声息，就像是憋了好几个世纪，终于释放出来，随后便无声无息了。夜晚的各种清晰噪音随之又再度袭来。

他一直跟木雕似的，呆立在窗前。他知道发生了什么。所发生的事情,他一清二楚,就好像他和男孩同在湖里,两个人一起抓住智障儿朝水下摁,一直摁到小家伙不再挣扎为止。

小湖里空空荡荡,静谧无声。雷伯越过湖面,凝视着湖水四周黑黝黝的树林。男孩可能正在穿越林子,去面对他可怕的命运。凭借本能,他像了解心脏在机械、乏味地跳动一样,清楚地知道,即使把智障儿淹死了,他也不会忘了给孩子洗礼;他还知道,他正在向老头为他准备好的一切进发;他更知道,他现在正穿过漆黑的树林,去面对与命运的激烈交锋。

雷伯站在那儿,拼命在离开前想起另外一件事。他终于想起来了,这件事那么遥远,那么模糊,可能早就发生了。这就是,明天他们得去湖里打捞毕晓普。

他站着等待他必要经受的那剧烈的痛苦、那难忍的创痛的开始,以便无视它,可这个感觉迟迟不来。他呆立在窗前,头晕目眩。最后,他意识到,压根儿就没有什么痛苦,整个人随即瘫倒在地。

第三部分

第十章

车灯下,只见塔沃特站在路边,身子微蜷,满脸期待地转过头,一瞬间眼睛闪出红光,活像是夜间窜到公路上、在飞速车流中穿越的兔子或小鹿。他裤脚到膝盖全湿了,仿佛是从沼泽地钻出来似的。玻璃驾驶室里司机显得很小,卡车开到跟前停了下来,车子没熄火司机就探身越过空座位,打开车门,让男孩爬上去。

这是一辆运输汽车的卡车,很大,全是钢架,里面装着四辆汽车,看上去就跟子弹似的。司机骨瘦如柴,高高的鹰钩鼻,厚厚的眼皮。他用怀疑的目光看了看搭车人,然后换挡,车子发出巨大的轰隆声,重新启动起来。"伙计,你得让我保持清醒,否则你就别搭车!"他说,"我捎你可不是为了帮你。"这个人一口外地口音,每句话结尾都要翘舌。

塔沃特张开嘴,像是希望嘴巴里能蹦出话来,可啥也没蹦出来。他依旧半张着嘴,面色苍白地盯着司机。

"我可不是开玩笑,孩子。"司机说。

男孩用肘紧紧地夹着两侧,不让身子颤抖。"把我捎到56号公路交叉口就可以了。"他终于开口了,声音忽上忽下,怪怪的,仿佛是遭遇惨重失败后头一次说话似的。他自己好像也在听,想从颤抖的声音中听出某种坚定的味道。

"说说话吧。"司机说。

男孩舔了舔舌头,控制不住地大声说:"我才不会用说话浪费生命呢,我总是只做不说。"

"那你最近都做了啥?"男人问,"你裤脚为啥湿了?"

男孩低头瞧瞧裤脚,瞧了半天,注意力似乎全转了过来,忘了刚才要说啥。

"醒醒,伙计,"司机说,"我问你裤脚咋湿了?"

"我干事时没脱,"他答道,"只脱了鞋,没脱裤子。"

"你干啥事了?"

"我要回家,"男孩说,"在56号公路上把我放下来,然后我顺着公路走一截,再走段土路,大概早上就可以到了。"

"你裤脚咋湿了?"司机追问。

"我淹死了一个小男孩。"塔沃特回答。

"就一个?"

"是的。"他伸手抓住男人的衬衫袖子。他嘴唇动了动,动了好几秒,停了一下又动了起来,仿佛要从嘴里挤出什么,可啥也没挤出来。他闭上嘴,又试了试,还是不行。然后,他嘴里突然蹦出一句,可旋即就消失了。"我给他施洗了。"

"啥?"男人问。

"是意外,我不是存心的。"他气喘吁吁地解释。他接着又说,不过声音平静了许多:"那几个字完全是自己蹦出来的,根本没什么意思。谁也不能重生。"

"是这个理儿。"男人赞许道。

"我只想淹死他,"男孩解释,"谁也不会重生的。它们只是从我嘴里冒出来、自己溅到水里的几个字而已。"他拼命摇头,像是要摇掉自己的念头。"我去的地方什么都没了,只剩一个棚子,"他又说,"因为房子烧了,我巴不得这样。我可不想要他任何东西。现在一切都是我的了。"

"不想要谁的?"男人含混地问。

"我舅公的,"男孩回答,"我要回那儿,再也不离开了。那里都由我管了,再也没人扯着嗓子指手画脚了。要不是为了证明自己不是什么先知,我才不会离开那儿呢,现在已经证明清楚了。"他停下来,扯了扯男人的衣袖。"我淹死他就是为了要证明这个。即便我给他洗了礼,那也只是意外而已。我现在要做的就是管好自己的事,一直到死。什么洗礼啦,什么预言啦,都不用管了。"

男人只是瞥了他一眼,又转头看着路。

"不会有任何破坏或者火灾发生了,"男孩说,"人啊,有的能干,有的不能干,有的饿,有的不饿,仅此而已。我是能干的,也不饿。"他像连珠炮似的,一句赶一句,喷涌而出。突然,他又不吭声了,似乎在注视着车灯将黑暗不断地往前推,总是推出同样的距离。路边会突然冒出个指示牌,旋即又消失了。

"你说的我听不懂,但可以接着说,"司机坦言,"我得要保持清醒,我捎你不是让你来享受的。"

"都说完了。"塔沃特声音细细的,仿佛再说下去,声音就会永远毁了似的。每发一个音,都要停一下。"我饿了。"他说。

"你刚才不是说不饿嘛。"司机说。

"是的。我饿不是要吃那个生命之饼,"男孩解释,"我现在饿了,想在这儿吃点东西。我中饭吐掉了,晚饭又没吃。"

司机摸摸口袋,掏出一团蜡纸,里面包着半块折着的三明治。

"好了,吃吧!"司机恼火了,"你是怎么回事?"

"真要吃的话我又不饿了,"塔沃特回答,"空腹就像是我胃里的一个东西,不让任何东西下到那儿。我要是吃了,恐怕又要吐出来。"

"听着,"司机说,"你可不能在这里吐,要是有传染病,马上给我滚下去。"

"我没病，"男孩解释道，"我一辈子都没生过病，只是有时候吃多了不舒服而已。给他施洗时，我只是说了几句。送我回家，"他说，"那儿由我说了算。我得住马厩，一直住到找个地方，给自己重新盖一栋新房子。我当时要是聪明一点，就会把他挪出去，挪到室外烧掉。这样焚烧他时房子就不会跟着一道烧了。"

"生活就是学习嘛。"司机说。

"我另一个舅舅知识渊博，"男孩说，"可免不了依然是大傻瓜一个。他一事无成，只会想。他脑壳上挂根电线，插在耳朵里。他能看出你的心思，知道你不会重生。当然，他知道的我也都知道，可我能干事呀，而且真干了。"他补充说。

"聊点别的好吧？"司机说，"你有几个姐妹？"

"我是车祸中生下来的。"男孩回答。

男孩脱下帽子，挠了挠头。稀疏的黑发压得扁扁的，耷在毫无血色的前额上。他把帽子卡在大腿上，像口碗似的，对着里面看。他掏出一盒火柴和一张白色卡片。"我淹死他时把这些东西都放在帽子里，"他说，"我担心口袋会弄湿。"他把卡片举到眼前，大声读了起来："T. 福西特·米克斯，南方铜件，莫比尔市，伯明翰市[1]，亚特兰大市。"读完后，他把卡片

---

[1] 这里指的是美国亚拉巴马州的伯明翰市。

插入帽子里面的圆箍，重新戴到头上，把火柴盒也放回到口袋里。

司机的头前后直点。他摇了摇脑袋说："见鬼，再说呀。"

男孩手伸进口袋，掏出教书匠送给他的组合式螺旋开瓶器。"我舅舅给的，"他说，"他人不坏，懂得也多，我想这玩意儿总有一天会派上用场的。"他看着开瓶器稳稳地躺在手心里。"我想这玩意儿，"他说，"开起东西来一定很灵巧。"

"讲个笑话吧。"司机说。

男孩看起来好像不会说任何笑话，甚至连笑话是啥都不清楚。"你知道人类最伟大的发明是什么吗？"他终于憋出了一个问题。

"不知道，"司机说，"是什么？"

男孩没有回答，而是又盯起前面的黑暗，似乎把刚才的问题给忘了。

"人类最伟大的发明是什么？"司机不耐烦地追问。

男孩转身，不解地看着他。他嗓子哽了一下，问道："说什么？"

司机恼火地看着他。"你怎么啦？"

"没什么，"男孩说，"我饿了，可又吃不下。"

"你该去精神病院，"司机嘟囔道，"走了这些州，你会发现，大家都该去那儿。看来不回底特律是看不到正常人了。"

他俩一言不发，开了好几英里。车子越开越慢，司机的眼皮也越来越沉，跟灌了铅似的。他摇摇头，想睁开眼。几乎是突然间，眼睛闭上了，车子拐了方向。司机再次拼命地摇摇脑袋，将车子挪出公路，停在一段较宽的路肩上，然后脑袋朝后一仰，立马就打起了呼噜，没瞧过塔沃特一眼。

塔沃特在驾驶室里一声不吭地坐在边上，两眼睁得大大的，毫无睡意。他眼睛似乎不能闭，只能一直睁着，以便观察眼中某个永不消失的景象。不一会儿，他合上眼，可身体没有放松。他僵直地坐着，依旧一副警觉的神情，仿佛闭着的眼帘后面有一只内眼，在窥察，在通过他扭曲的梦境揭露真相。

他们面对面地坐在小船里，飘荡在绒幕般的无尽黑暗中，就连四周的空气也没这么黑。虽然黑沉沉的，他的视力却丝毫未受影响，他能看穿黑暗，就跟看大白天似的。他透过黑暗，对面孩子那平静、淡色的眼睛看得一清二楚。眼睛已经不再游离、散乱，而是像死鱼眼似的，一动不动地盯着他。他朋友像向导一样站在船里。朋友骨瘦如柴，活像个影子，对他可是忠心耿耿，不论是在城里还是在乡下，都不时地给他出谋划策。

快点，他说。时间好比金钱，金钱又好似血液，时间将血液化为灰土。

男孩抬头看着朋友俯视他的眼睛，吃惊地发现，在伸手不见五指的黑暗中，朋友的眼睛变成了紫色，近在眼前，目光炙热，正带着特别渴望和专注的神情盯着他。他被盯得惴惴不安，把头扭到了一边。

这是最果断的了结行动，他朋友说。对付死者，只有采取行动，任何词句都无力表达**不**字。

毕晓普摘下帽子，隔着船舷扔到湖里。帽子正面朝上漂了起来，成了湖面上的一个黑点。塔沃特转头目送着帽子，突然看见湖岸就在身后，不足二十码，静悄悄的，活像利维坦[1]刚露出水面的眉头。他感觉自己的身子没了，只剩下装满空气的脑袋，去应付所有死者。

像个男子汉，他朋友劝他说，像个男子汉吧，你淹死的只不过是个智障儿而已。

塔沃特把船划向一片黑乎乎的灌木丛，拴了起来。接着，他脱掉鞋子，把兜里的东西掏出来放进帽子里，又将帽子塞进鞋里。那双灰色眼睛始终在盯着他，仿佛在静静地等待即将发生的挣扎。那双紫罗兰色的眼睛也在盯着他，等着他，几乎是迫不及待了。

别浪费时间了，向导催道。一旦干掉，就永绝后患了。

湖水像一根宽大的黑舌，从湖岸滑过。塔沃特从船里爬出来，一动不动地站着，感觉脚趾间有泥巴，湿裤脚贴着腿杆。

---

1 利维坦（leviathan）：《圣经》中的大海怪，常常呈大海蛇形态，是邪恶的象征。

天空星星点点，像一双双眼睛，在静静地盯着他，犹如天府里一只硕大的夜鸟展开的尾羽。他立在那儿凝视着，一时间入了神。这时，毕晓普从船里站起来，搂着他的脖子，爬到了他背上。他紧紧地趴着，活像一只大螃蟹趴在一根树枝上。塔沃特不觉一惊，感到自己向后沉进了水里，仿佛整个湖岸都在把他往下拽。

塔沃特在驾驶室里直挺挺地坐着，肌肉直抽。他挥舞手臂，张开嘴巴，想喊，可怎么也喊不出来，苍白的面孔抽搐着，一脸痛苦状，就像拼命抓着鲸鱼舌头的约拿。[1]

司机的头摇来晃去，鼾声打破了车里的寂静。男孩挥着手臂，拼命想摆脱如猛兽一般扑上来的黑暗，有一两次差点打到了司机。偶尔有一辆车子路过，短暂地照亮他扭曲变形的面孔。他和空气扭打着，犹如一条鱼被扔到了死亡之岸，在那儿没有肺进行呼吸。夜色终于开始褪去。树梢上，大片的红霞浮现在东方的天空，褐色的光线照出了两边的田野。突然，倍感挫败的男孩全身颤抖，睁开眼睛，喊出了施洗词，声音又粗又大。他听到朋友嘶嘶的诅咒声渐渐消失在黑暗中。

男孩紧紧地抱着身体两侧，坐在驾驶室的角落里，精疲力

---

[1] 上帝让约拿去尼尼微，警告那里的人不要继续作恶。约拿不想去，改去了相反方向，结果在大海上遭遇狂风暴雨。为了拯救全船人，他让大家把他投入海中，以平息上帝的愤怒，结果被一只鲸鱼吞了下去。

竭，头晕目眩，瑟瑟发抖。一轮红日展开长长的红色翅膀，冲破红霞，喷薄而出，霞光万道，红霞变得更宽、更广。他眼睛睁着，神情也不那么警觉了。可目睹自己梦境的那只内眼，他却有意给紧紧闭上。

他紧紧地抓着司机给的三明治，手指把它都捏碎了。他松开手，看了看，好像不认得似的，接着又放回了口袋里。

不一会儿，他抓住司机的肩膀，拼命地摇。司机醒过来，紧张地抓住方向盘，仿佛车子在飞速行驶。他随即发现车子一动不动。他扭头怒视着男孩。"你以为自己在这里是干什么的？你想去哪儿？"他火冒三丈地问道。

塔沃特面色苍白，可神情坚定。"回家！"他说，"那儿现在归我了。"

"那滚下去，滚回去吧！"司机说，"白天我可不捎傻瓜。"

为了尊严，男孩打开车门下去了。他站在路边，闷闷不乐，神情冷漠，目送着庞然怪兽轰隆隆地驶出视线。前面狭长的公路一片灰色，伸向远方。他双脚重重地跺着地面，走了起来。他双腿有力，意志坚定，面朝林中空地方向。太阳落山时，他就到了；太阳落山时，他就会到达那个他能开始自己选定的人生的地方；在那儿，他会严词拒绝，直到生命的最后一刻。

第十一章

大约走了个把小时，塔沃特掏出司机给的、已经揉碎的三明治。他之前连着包装纸一起塞进口袋。他打开来，包装纸随风飘到了身后。司机吃掉了一角。他把没有咬过的一角塞进嘴里，可旋即又吐了出来，将隐隐约约有牙印的三明治又塞回了口袋。他虽然看上去饥肠辘辘，满脸失望，可胃就是不欢迎它。

早晨已经来临，只见晴空万里，碧空无云，阳光明媚。他顺着堤坝向前走，不时地有汽车从身后驶来，飞驰而去，他却瞧也不回头瞧一眼。可每当车子在越来越窄的公路尽头消失时，他都会觉得，自己距离目标越来越遥远了。他感觉脚下的地面怪怪的，走在上面宛如踩在巨型猛兽的脊背上，巨兽随时会伸伸肌肉，将他掀到下面的沟里。天空犹如一堵光墙，将巨兽困在里面。光线太强，他只得垂下眼帘。而光墙另一边就是漫长的、清晰可见的灰色国界，他日常的肉眼看不见，只有一直拼命睁着的内眼才能看到。他之前阻碍自己，没有跨入那个国度。

为了早点赶到家，每走几步，他都要强迫自己加快步伐，因为天黑前他必须赶到林中空地。他嗓子干得直冒火，眼睛也火燎燎的，骨头很脆，似乎不是自己的，倒像是饱经风霜的年长者的。想到饱经风霜，很显然，自打舅公死后，他就把一辈子给过完了，这次回来，就再也不是孩子了。他回来，经受了拒绝之火的考验，脑子里舅公的那些幻想已经烧得一干二净，老头的那些疯狂也已彻底根除，再没机会在他身上冒出来了。站在教书匠家客厅里看着智障儿眼睛时，他看见自己在耶稣那血淋淋的、臭烘烘的、疯癫癫的影子中艰苦跋涉，走向远方，永远无法实现自己的愿望。如今，他拯救了自己，再也不受他预想的那种命运困扰了。

实际上，他是给毕晓普洗礼了。对此，他只是偶感不安。每次想到这件事，他都觉得是个意外。纯属意外，仅此而已。他只关注孩子淹死了，是他干的，如果非要说出孰轻孰重来，那淹死个人要比冲水里扔几句话重要多了。他意识到，在这件小事上，教书匠做得比较好，他很失败。教书匠就没有给那孩子施洗。他想起教书匠说的"我的胆识在脑子里"。可男孩想，我的胆识也在呀。就算因故不是意外好了，一件事情，一开始就无足轻重，那到头来不还是一样吗？他可是真把孩子淹死了，而且连个**不**字都没说，说淹就淹了。

太阳原先只是一个刺眼的火球，现在变成了一颗大珍珠，清晰可辨，仿佛和月亮举办了一场灿烂的婚礼，融为了一体。男孩眯起眼睛，将阳光变成了一个黑点。小时候，他做过好几次实验，命令太阳静止不动。有一次，他正看着时，太阳真的不动了，而且长达好几秒。不过，他一转身，太阳又动了。现在，他巴不得太阳要么从天上彻底消失，要么躲进云里。他完全转过脸，不去看它。寂静中，抑或寂静外，他又感受到了那个国度，在他周围伸展开来，伸向远方。

他将注意力又迅速转到林中空地上。他想到了空地中央的焚烧点，想象自己故意从烧毁的房屋灰烬中，小心翼翼地捡起任何可能发现的烧焦的骨头，扔到最近的沟里。他想象，那个冷静、木然的人可能会这么做，会清扫废墟，重建房子。在刺目的阳光后面，他感到还有一个人，一个面容枯槁的陌生人。这是个魂灵，生于车祸，一生下来就认定自己天生是个先知，要遭受折磨。男孩很清楚，这个人对他视若不见，是个疯子。

太阳更加刺眼，更加炙热，他也越来越渴，越来越饿，饥渴交加，在身体里上蹿下跳，在肩膀间左冲右撞，痛苦难耐。他正准备坐下歇歇脚，突然看见前面靠近路边的一块空旷地上有一间黑鬼小屋。一个黑崽子站在院子里，边上只有一头瘦骨嶙峋的猪仔。黑崽子注视着从公路上走过来的男孩。走到跟前时，塔沃特发现，小屋门口站着一群小黑鬼在盯着他看。门口有棵密西西比朴树，树下有口井。他三步并作两步跨了过去。

"我想喝点水。"塔沃特走近凑上来的黑崽子说。他从口袋里掏出三明治递过去。那个黑崽的身高和体型跟毕晓普差不多。他接过去就塞进了嘴里，两眼一直不停地盯着塔沃特的脸。

"那边打水。"他抬起拿着三明治的手，指着井说。

塔沃特走到井边，把水桶摇到井口。有个长勺，但他没用，而是弯腰对着水桶直接喝了起来，一口气喝到晕晕乎乎的地步。他摘下帽子，索性将头埋入水中。大半个头埋进去时，他突然全身一颤，仿佛从未碰过水似的。他低头打量下面灰暗、清澈的井水，不断地往里面看，突然看到一双安详的眼睛在默默地凝视着他。他急忙从桶中抽出头，向后踉跄了几步，先是模模糊糊的木屋，接着是那头猪，随后是那个仍在紧紧盯着他的黑崽，一个个变得清晰起来。他"啪"的一声又把帽子卡到湿漉漉的脑袋上，抬起衣袖擦擦脸，然后匆匆离开了。小黑鬼们目送着他，直到他离开那儿，消失在公路上。

这个幻觉似芒刺，刺在他脑子里。走了一英里多他才意识到，其实他并没有看见这个幻觉。说来奇怪，井水并没有止住他的干渴。为了转移注意力，他将手伸进口袋，掏出教书匠给的礼物，欣赏起来。看到这个，他想起自己还有一个五分钱硬币。只要走到商店或是加油站，他就要买瓶饮料，用这个开瓶器打开。小小的工具在手心里亮闪闪的，仿佛在向他许诺，再大的东西也要替他打开。现在机会来了，他才开始意识到自己没能好好地谢谢教书匠。脑海中，舅舅脸部的轮廓不再那么清晰了，他又想起进城前想象中舅舅的那双眼睛，深思苦虑，满目知识。他把组合式螺旋开瓶器放回兜里，握在手心，仿佛从此以后就把它当成了自己的护身符。

前面不远处，他看见了56号公路与脚下大路的交叉口。那条土路离这儿不到十英里了。交叉路口另一边，远远的有家小店，也是加油站。他越来越渴，于是加快步伐，盼着能买到饮料。走到店前，他看见一个身材高大的女人站在门口。他虽然口渴难耐，但解渴的欲望一下子没了。那女人抱着胳膊，靠在门框上，几乎把整个门堵得结结实实。她长着一对黑眼睛，一张花岗岩面孔，一条咄咄逼人的舌头。他和舅公偶尔来这里买过东西。只要这个女人在，老头就会多待一会儿，和她聊上几句，因为他觉得这个女人挺讨人喜欢的，就跟一棵绿荫荫的大树似的。男孩总是站在一边，不耐烦地踢着石子，阴沉着脸，一副百般无聊的样子。

女人隔着公路看到了塔沃特。女人虽然没有挥手什么的，他还是能感觉到，她两眼已经瞄上了他。他穿过公路，拖着脚步往前挪，满脸不悦地盯着女人的下巴和肩膀之间的部位。他走到小店前停了下来,女人一声不吭,只是看着他。他不得已抬头瞥了一下她的眼睛,只见她目光阴沉,具有一种洞察力,正盯着自己。她的脸冷冰冰的,可充满了智慧。她抱胳膊的样子,表明她的判断有史以来就没变过。她背后即使折有一对巨翅,也不会奇怪的。

"黑鬼们把你干的好事都告诉我了,"她说,"这简直是在侮辱死者。"

男孩打起精神准备开口。他意识到,说狠话是没用的。有一股他俩力所不能及的力量,为了他的自由在呼唤他回答,要求他果断行动。他一阵颤栗。他的灵魂扎进内心,一直扎到最深处,聆听他导师的声音。他张开嘴,想驳斥女人。可他感到惊恐的是,嘴里冒出来的,活像蝙蝠的尖叫声,是他在集市里无意中听到的一句污言秽语。他十分震惊,知道失去了机会。

女人一动不动。过了一会儿,她说:"你回来了。你把房子都给烧了,谁肯雇你呀?"

还在为迟迟开不了口感到惊恐的他,颤抖地说:"我不需要人家雇我。"

"还侮辱了死者?"

"人死了,就该那样处理。"他说,缓过了一点力气。

"还侮辱复活,侮辱生命?"

他口渴难耐,喉咙里就像有只粗壮大手卡着。"来瓶紫饮料。"他沙哑地说。

女人依然一动不动。

塔沃特和她一样阴沉着脸,转身离开了。他眼下有好几圈眼袋,皮肤干得似乎也萎缩了,成了皮包骨头。他脑子里突然又回想起那句污言秽语。这孩子性格刚直,对于如此不雅之语,他无法容忍,对非精神之恶也不饶恕,对肉体之恶更是绝不姑息。他觉得,自己嘴里冒出来的那句话把胜利给玷污了。他想转身回去,找一句得体的话扔给她,可这句话还没找到。他努力设想,要是换了教书匠,会跟她说什么呢?不过,舅舅的话,他脑子里一句也想不起来。

此时,太阳已经跑到他身后去了。他渴到了极点,感觉喉咙里仿佛铺了一层滚烫的沙子。他顽强前行,路上不见一辆车子路过。他打定主意,要是再来一辆车,他就示意搭车。他现在非常渴望有个旅伴,如同渴望食物和水一样。他想找个人,把没能向那个女人解释的事情说一说,再用一句得体的话,换去玷污了他思想的那句污言秽语。

他走了差不多两英里,终于有辆车路过,慢慢停了下来。他一直在艰难跋涉,心神恍惚,忘了示意搭车。不过,看到有车子停下,他随即跑了上去。跑到车前,司机已经俯身将车门打开了。这是一辆淡紫色和奶油色相间的车子。男孩看都没看司机一眼就爬了上去,关上门,两人又继续前进。

接着,塔沃特转头看了看男人,一股难以言状的厌恶感袭上心头。捎他的人面色苍白,身体瘦削,虽然年纪轻轻的,可一脸老相,腮帮深深地瘪了进去。小伙子穿着淡紫色衬衫,外面套件薄薄的黑色外套,戴着一顶巴拿马帽子。他嘴唇没有一丝血色,就像嘴角叼了根烟似的。眼睛和衬衫同色,睫毛很黑,很浓。帽子后仰,一缕黄发露出来,耷在额头上。他一声不吭,塔沃特也沉默不语。他不急不慢地开着车,然后转头久久地看着男孩,想看出点隐私来。"住在附近?"他问。

"不在这条路上。"塔沃特回答。由于口干舌燥,他声音沙哑。

"去哪儿?"

"去我住的地方,"男孩嘶哑地说,"那儿现在归我了。"

男的停了好几分钟没吭声。男孩这边的车窗裂了,粘着胶带,车窗摇把也没了。车厢里弥漫一股甜甜的腐味,似乎空气不畅,呼吸不自由。塔沃特从窗子里看见自己苍白的影像,正阴沉着脸看着自己。

"不住在这条路上,嗯?"男人说,"那你家人住哪里呢?"

"没有家人,"塔沃特回答,"就我一个人,自己照顾自己,没人管我干什么。"

"没人,是吧?"男人说,"明白了,你很能干嘛。"

"是啊,"男孩答道,"说的没错。"

陌生人的表情似曾相识，但想不起来在哪儿见过。男人把手伸进衬衫口袋，掏出一只银盒，"啪"地一声弹开，递到男孩面前。"抽烟吗？"他问。

男孩从未抽过烟，只是嚼过兔烟草。他不想抽，只是看看。

"这可是稀罕货哦，"男人依旧举着盒子说，"这种烟你可不是每天都能弄到的，不过抽烟你或许没体验过吧。"

塔沃特拿起一根，完全学着男人的样子，叼在嘴角。男人从另一个口袋里掏出一个银质打火机，打着递给他。第一次没点着，第二次他吸了一口气，烟点着了。肺里满是烟，很不舒服。烟味怪怪的。

"没家人了，嗯？"男人又问了一遍，"你住在什么路？"

"不在什么路上，"男孩答道，"我以前和舅公住，可他死了，烧成灰了，现在就剩我一个人了。"他剧烈地咳嗽起来。

男人手伸过仪表盘，打开手套箱。盒子里平放着一瓶威士忌。"自己动手吧，"他说，"喝了会止咳。"

这是一个贴着商标的老式瓶子，可商标纸已经不见了，瓶塞也咬坏了。"这个也是稀罕货！"男人说，"你聪明能干，不想喝一口？"

男孩抓起瓶子，开始拔瓶塞。这时，他想起舅公说酒精有毒的所有警告，以及不许搭陌生人车等种种愚蠢的限制。老头的那些愚蠢想法，好似不断升起的怒火之潮，全部涌进了他的脑海。他紧紧地抓住酒瓶，用手指拔塞子，塞子塞得太深。他将瓶子夹在膝盖间，从口袋里掏出教书匠给他的那个组合式螺旋开瓶器。

"哟，这个挺漂亮嘛。"男人说。

男孩微微一笑。他把螺丝钻入瓶塞，拔了出来。这个法子老头压根儿没想过，他现在得改变改变了。"这玩意儿什么都能开。"他说。

陌生人一边慢悠悠地开着车，一边看着他。

男孩把酒瓶举到嘴边，灌了一大口。他没料到这东西外表一点看不出，喝起来却这么苦，比他以前喝的任何一种威士忌好像都要烈，嗓子烧得火辣辣的，又口干舌燥起来，他只好又满满地灌下更大一口。第二口比第一口更难受。他感觉陌生人在不怀好意地看着他。

"不喜欢，嗯？"他说。

男孩感觉有点头晕，可还是猛地凑上来说："比**生命之饼**好多啦！"他眼睛亮闪闪的。

男孩靠回去，拧下开瓶器上的瓶塞，重新塞进瓶口，将瓶子放回手套箱。他动作好像迟钝起来，好一阵子才把手放回大腿上。陌生人一言不发，塔沃特则扭头看着窗外。

酒像坑里的一块热辣辣的岩石躺在胃里，全身燥热。他感到很开心,因为不要去管什么责任了,也不用想法子辩解自己的行为了。他思维很吃力,似乎必须要冲破某种厚厚的传导物,才能传到大脑表面。他凝视着没有围栏的密林。车子开得很慢,他差不多都能数出树林最外边的树干。他真数了起来,一棵,一棵,一棵,直到这些树拥在一起,一起往后飘去。他头斜靠着玻璃,眼皮越来越沉,最后合上了。

几分钟后,陌生人伸手推了推塔沃特的肩膀,可他一动未动。男人随即加快车速。他疾驶了约五英里后看到一条岔道,便拐上去,开进了一条土路。他飞速行驶一两英里后,驶出路边,开到树林边一块隐秘的斜坡上。他呼吸急促,全身冒汗。他下车,绕到另一边,打开车门,塔沃特就像一只松垮垮的袋子,从车里滑了下来。男人将他扶起来,抱进了林子。

路上空荡荡的,太阳亮闪闪的,正没精打采地挪动着。林子静悄悄的,只是偶尔听到啭鸣声或呱呱声。空气像是打了麻醉似的。不时地有只大鸟无声地滑翔过来,落在树梢上,停了一会儿又飞走了。

约莫一小时后,陌生人独自一人出现了,并鬼鬼祟祟地瞅瞅四周。他拿走男孩帽子作为纪念,还拿走了组合式螺旋开瓶器。他细嫩的皮肤有些泛红,像是换了血似的。他急忙钻进车子,疾驶而去。

塔沃特醒来时已是太阳当头。太阳变得很小,变成了银色,洒下的阳光还没照到他身上似乎就已消耗殆尽。他首先看到的是自己的两条腿,伸在眼前,又细又白。这是一块小空地,他身体靠着一根圆木,左右是两棵参天大树。他双手被一块淡紫色手帕松垮垮地捆着。手帕是他朋友的,估计是用来换他的帽子。他的衣服整整齐齐地摞在边上,只有鞋穿在腿上。他发现帽子没了。

塔沃特的嘴张着,扭曲着,歪到了一边,仿佛要永久挪个位置似的。转眼间,嘴看上去成了一条裂缝,再也不成嘴形了。眼睛小小的,活像两粒种子,恰似睡着时被抠出来,烤焦了又嵌回脑门上。表情看上去很纠结,不是愤怒,也不是痛苦。接着,他使足力气,嘶哑地大吼一声,嘴巴给吼复位了。

他发疯似的撕扯着淡紫色手帕,把它撕成了碎片。随后,他迅速穿上衣服。由于太快,一半衣服都穿反了,他也没注意到。他立在那儿,低头一瞧,地上树叶凌乱不已,表明他刚才就躺在上面。他的手已经伸进口袋,掏出火柴。他把树叶踢到一起,点上火,又扯下一根松树枝点着,然后用它点燃了周围所有灌木丛。火立刻肆虐起来,吞噬了这块罪恶之地,烧毁了陌生人可能碰过的每一个地方。看到大火肆掠,他转身跑起来,仍旧举着那根松树枝火炬,边跑边点燃灌木丛。

他几乎没注意到已经跑出树林,来到了光秃秃的红土路上。脚下的路如同凝固的火焰在飞奔，他一直奔到渐渐喘不过气来才放慢速度，环顾四周。天空，两边树林，还有脚下大地，这一切都停滞不前了，是路帮他找回了方向。路在高高的红色护堤间蜿蜒而下，接着穿过一块已经全部翻犁过的平坦农田。远处有一间小屋，一边有些凹陷，像是漂浮在起伏不定的红土地上。山下有座木桥，宛若史前动物的骨架，架在溪床上。这就是通向家的路，他打小就熟悉这里。不过，现在看上去就像是异国他乡，很陌生。

他紧紧地攥着已经烧灭的黑乎乎的松树枝站在那儿。过了一会儿，他又开始慢悠悠地向前走。他很清楚，现在回头已经来不及了。他还知道，命运逼着自己不断向前，奔向最后的神启。他火辣辣的双眼看上去不再空洞无物，似乎只想引导他前进。它们看起来犹如先知的嘴唇，经黑炭碰一下，似乎就不再观看凡间琐事了。

第十二章

宽阔的大路渐渐变窄,直到完全变成一条印着车辙印、被雨水冲刷的水沟,最后消失在茂密的黑莓丛中。太阳又红又大,差不多要碰到树梢了。塔沃特稍作停留,瞥了一眼正在成熟的黑莓,然后猛地一转身,冲进前面又黑又密的树林。他吸口气,屏了片刻,随即穿过树林,闷着头,顺着若隐若现的小路,不假思索地一直往前跑。小路穿过树林,通向林中空地。空气中弥漫着金银花香和更浓的松树香,可他什么也闻不出来。他的感觉迟钝了,思维好像也停止了。树林深处传来画眉声,这叫声犹如一把钥匙,在他心里拧来拧去。他喉咙像是打起了结。

空气中吹起一阵轻柔的晚风。他跨过倒在路上的一棵树,继续前行。一枝刺葡萄勾住他的衬衫,刺破了衣服,可他并没有停下。远处,画眉又叫了起来,用四个相同的音符冲着寂静,颤抖地倾诉着自己的哀伤。他一路向前,走到林中的一处缺口，从那儿透过一棵开杈的桦树，可以看到下面的林中空地坐落在长长的山坡下，在田野的下面。他以前和舅公从公路上回来时，总会在这里驻足观看。老头越过田野，眺望远处两个烟囱间的房子，俯视他的家，俯视他的地，俯视他的玉米。这个时候，老头别提有多满足，活像摩西在眺望应许之地。

塔沃特耸着肩膀，紧张地走向那棵树。他似乎已经准备好遭受打击。距离地面不到几英尺树就开了杈，赫然挡在路上。他停下来，抓住两边树干，欠身探出树杈，仰望深红色的辽阔天空。他凝神的目光犹如飞越火焰的小鸟，扑腾着掉了下来。掉到地上时，两根烟囱就像是两个伤心欲绝的人，守着烟囱间焦黑的地面。看着看着，他的脸似乎就揪成了一团。

他全身僵直，只有手在动，一会儿抓紧，一会儿松开。眼前的景象正是他盼望已久的那片空旷的林中空地。老头的尸体已经不在了。他的骨灰没有和空地的泥土融为一体，也没有被雨水冲走渗入田里，而是被风吹走了，吹落到地上，撒了一地，然后又扬起来，沿着世界之弧，将一粒粒骨灰扬到了四面八方。空地烧得光秃秃的，他感到压抑的东西全部烧没了。没有十字架表明那里依旧是上帝的领地。他向外眺望，看到契约已经撕毁。这个地方已经被遗弃，现在归他了。眺望时，他口干舌燥，嘴唇都合不拢了。他饥饿难耐，无法抑制，似乎是迫不得已才张着嘴。他张着嘴，伫立在那儿，仿佛连动弹的力气都没有了。

他感到一阵微风吹拂着脖子,轻如呼吸。他侧过半身,感觉身后站着一个人。微风丝丝的飘动声,犹如叹息,吹进了他的耳朵。男孩面色苍白。

下去接管吧,朋友耳语。这地方现在归我们啦,我俩赢的。自打你开挖坟墓起,我就一直伴你左右,寸步不离。现在,我们俩可以一起接管,就你和我。你再也不会孤单了。

男孩听了浑身颤抖。这不散的身影如气味一般,无处不在,似一团温暖的甜蜜空气,环抱着他,肩膀周围还有一个紫色幽灵如影相随。男孩拼命摇晃身体,想从中摆脱出来。他从口袋里抓出火柴,又扯断一根松树枝,夹到腋下,手颤抖着划着火柴,举到松树枝前,直到手中的树枝变成火把,插进分权树下半截的树枝中。火立刻噼里啪啦地蹿了起来,吞噬了干燥的树叶,烧到了树叶中间,直到形成一道亮闪闪的拱形火焰,直往上蹿。男孩一路倒着走,将火炬插进走过的所有灌木丛,直到他和那个咧着嘴笑的幽灵中间出现一道越烧越高的火墙。他透过火焰怒视着,看见对手在熊熊烈火中不久就要化为灰烬,顿时神采飞扬。他紧紧地攥着燃烧的火炬,折身继续前行。

小路蜿蜒而下,穿过红红的树干。太阳西沉,不见了踪影,树林也渐渐变黑。男孩时不时地将火炬插进一片灌木丛或是一棵树中。树林越来越稀疏，随后豁然开朗。他站在林边，眺望平坦的玉米地，越过玉米地，远眺两根烟囱。树梢上一块块紫红色的平面，像台阶似的向后伸去，伸进黄昏里。老头以前种下的玉米已经长出一尺高了，田野里绿波荡漾。田地刚刚犁过。男孩没戴帽子，矮小、僵直的人影握着那棵烧黑的松树枝，伫立在那儿。

他打量时，饥饿又袭了上来，似乎紧追不舍，紧紧地困着他，仿佛近在眼前，一目了然，伸手去触，却又难以触及。他觉得这个地方有些生疏了，好像已经被人占了似的。他目光越过风雨飘摇、灰蒙蒙的棚屋，越过屋后的田野，落在远处黑乎乎的树墙上。四周万籁俱寂。黄昏步步紧逼，蹑手蹑脚地降临，犹如在接受盘踞此地的某种神秘力量指挥似的。他身子微倾，呆立在那儿，像永远僵了一样，进退两难。他甚至觉得，连自己吸进去的空气都怪怪的，感觉好像不是自己的。

不一会儿，在屋子附近，男孩看见一个骑着骡子的黑鬼。骡子一动不动，人畜都跟石头似的。他紧握拳头，毫无畏惧地穿过田野，那姿势像是在问候，又像是在威胁，不过片刻过后，拳头又松开了。他挥挥手，跑了起来。是巴福德。和他一起回家，就可以有吃的了。

想到吃的，男孩立刻停下来，恶心难抑，身体抽搐。他突然有一种可怕的不祥预感，深感震惊，面色煞白。他呆立着，感觉内心就是一个撕开的火山口,在他面前展开,围困着他。那个国度的灰色地带,他看得清清楚楚。他曾发过誓,再也不踏上那儿半步。他机械地向前挪动步伐,踏上了那棵大树几英尺外的坚硬地面。同时,他的目光将院子扫视了一大圈,看了看棚屋,接着又越过屋子,眺望前面的树林,然后才收回目光。他知道,接下来看到的便是挖了半截、尚未封口的坟墓,差不多就在自己的脚下。

黑鬼直直地看着他。他骑着骡子向前走。塔沃特最终又强迫自己转动起目光,先是看见骡蹄,接着又看见巴福德吊在骡子两侧的脚,最后抬头看见一张黝黑、皱巴巴的脸,正轻蔑地俯视着他,那神情足以洞穿任何外表。

新垒的坟墓横在他俩中间。塔沃特低头看着坟墓,只见坟头光秃秃的泥土里插着一根粗糙的十字架,颜色很深,十分醒目。男孩的手僵了,合不起来,就跟有样东西从他紧握一辈子的手中掉下来似的。他凝视的目光最后落在插着十字架的地方。

巴福德说:"因为我,他才在这里安息,是我安葬了他,你当时喝得烂醉,瘫在这里,是我将他安葬的;因为我,他的玉米地才犁了;因为我,救世主的标志才出现在他的头上。"

除了眼睛,男孩似乎毫无生气。他低头凝视着十字架,仿佛钻进了土里,钻到了根茎环抱的死人堆中。

黑鬼坐在那儿，打量这张怪异、疲倦的脸，心里不安起来。他发现，这张脸绷得紧紧的，目光从坟头抬起，似乎看见有样东西正从远方走进来。巴福德转过头，只见身后的田野越来越暗，向下延伸，伸进了树林。再回过头来看，男孩的目光似乎刺破了空气。黑鬼全身颤抖，突然感到身上有股巨大的压力，无法承受。他觉得空气在燃烧。他鼻孔抽搐，咕哝了一句，然后调转骡子，穿过屋后的田野，走进了下面的树林。

男孩依旧呆立在那儿，一动不动的眼睛映出黑鬼穿过的田野。他觉得那儿不再是空无一人，而是人满为患。他看见到处都是人影，模模糊糊的，坐在斜坡上。他再细看，发现人群纷纷从一只篮子里取东西吃。他的目光在人群中搜索，搜了很久，好像也没搜到想见的人。随后，他看到了他，看见老头正弯腰坐下来。坐到地上后，老头安顿好臃肿的身躯，接着面朝篮子探出身子，心急火燎地看着篮子慢慢地靠近自己。男孩也探出身子，终于意识到什么是自己饥肠辘辘时所热盼的，明白自己和老头一样，世间没有任何东西能够填饱自己的肚子。他饿疯了，即便面包和鱼越变越多，他依旧能将它们吃个精光。

男孩呆立着，紧张地探着身子。可天越来越黑，那景象渐渐看不见了。黑夜降临，景象和黑色地平线之间空空如也，只有一丝红光。可他依旧呆立着。他感觉饥饿不再是一种痛苦，而是一种潮汐。他感到潮汐在体内翻腾，穿过时间，越过黑暗，飞过了数世纪。他知道，心里升腾着这一潮汐的有一群人。这些人的生命被选来确保潮汐绵延不绝。他们是一群来自暴力国的陌生人，到这个世界上来游荡。暴力国里，人人沉默不语，唯有高喊真理时才能听到声音。他觉得，这潮汐源自亚伯[1]的血液，流到了自己的血液里，不断翻腾，一口将他吞了进去，似乎眨眼间就将他抛到空中，抛得他人仰马翻。他急忙转过身去，看着树林的天际线。他看见那儿有棵金色火树，红红的，凌空而起，在黑夜中冉冉上升，扩散开来，好像要喷出一团巨大的火球，一口把黑暗给吞掉似的。男孩张开嘴，想吸进火球。他明白，正是这个火球困住了但以理，从地上托起了以利亚，冲着摩西发号施令，马上又要对他发话了。他一头扑到地上，脸贴着坟土，听候命令。**快去警示上帝子民，仁慈马上降临。**这句话犹如默默无声的种子，在他的血液里一粒接一粒地开裂、发芽。

他终于站了起来。这时，燃烧的灌木丛已经不见了，一道火墙在慵懒地肆掠着树林天际线，后面的树林里骤然升起一团浑浊的火红烟云，到处都是细细的火焰，蹿出树梢。男孩弯腰从舅公坟上抓起一把土，涂到额头上。过了一会儿，他头也不

---

[1]《圣经》中的人物，亚当和夏娃的次子，牧羊为业，被哥哥该隐所杀。该隐和亚伯代表世界上两种人，该隐代表犯罪而自以为正义的人，亚伯代表有真诚信心而敬畏神灵的人。

回,穿过前面的田野,踏上巴福德刚才走的路。

午夜时分,男孩离开那条路,撇下身后仍在燃烧的树林,踏上公路。路边的田野上空,月亮低垂,在一团团黑暗之间时隐时现,皎洁如玉。男孩的身影时不时地斜映在前面的路上,参差不齐,仿佛为他辟出一条崎岖的小路,通向他的目标。他眼睛发烧,眼底发黑,似乎已经做好准备,展望自己的命运。命运在等他,而他则稳步前行,迈向黑暗的城市。那儿,上帝之子都在昏睡。

Flannery O'Connor
The Violent Bear It Away
根据 The Library of America 1988 年版译出

图书在版编目（CIP）数据

强力夺取/（美）弗兰纳里·奥康纳
（Flannery O'Connor）著；张群译.— 上海：上海译文出版社，2024.4
（奥康纳文集）
书名原文：The Violent Bear It Away
ISBN 978-7-5327-9405-8

Ⅰ.①强… Ⅱ.①弗…②张… Ⅲ.①长篇小说—美国—现代 Ⅳ.①I712.45

中国国家版本馆CIP数据核字（2024）第092173号

强力夺取

[美]弗兰纳里·奥康纳　著　张　群　译
责任编辑/徐　珏　装帧设计/胡　枫
上海译文出版社有限公司出版、发行
网址：www.yiwen.com.cn
201101　上海市闵行区号景路159弄B座
上海盛通时代印刷有限公司印刷

开本 850×1168　1/32　印张 7　插页 6　字数 99,000
2024 年 4 月第 1 版　2024 年 4 月第 1 次印刷
印数：0,001—4,000 册

ISBN 978-7-5327-9405-8/I·5876
定价：65.00 元

本书中文简体字专有出版权归本社独家所有，非经本社同意不得转载、摘编或复制
如有严重质量问题，请与承印厂质量科联系。T: 021-37910000